William
Shakespeare

新译 莎士比亚全集

THE TWO GENTLEMEN
OF VERONA

【英】威廉·莎士比亚—— 著

傅光明—— 译

维罗纳二绅士

天津出版传媒集团

天津人民出版社

图书在版编目(CIP)数据

维罗纳二绅士 / (英) 威廉·莎士比亚著；傅光明
译. -- 天津 : 天津人民出版社, 2024.4
(新译莎士比亚全集)
ISBN 978-7-201-20375-1

Ⅰ.①维… Ⅱ.①威… ②傅… Ⅲ.①喜剧—剧本—
英国—中世纪 Ⅳ.①I561.33

中国国家版本馆CIP数据核字(2024)第066699号

维罗纳二绅士
WEILUONA ER SHENSHI

出　　版	天津人民出版社	
出 版 人	刘锦泉	
地　　址	天津市和平区西康路35号康岳大厦	
邮政编码	300051	
邮购电话	(022)23332469	
电子信箱	reader@tjrmcbs.com	

责任编辑　李佳骐
装帧设计　李佳惠　汤　磊

印　　刷	河北鹏润印刷有限公司	
经　　销	新华书店	
开　　本	880毫米×1230毫米　1/32	
印　　张	6.25	
插　　页	5	
字　　数	84千字	
版次印次	2024年4月第1版　2024年4月第1次印刷	
定　　价	62.00元	

目　录

剧情提要

在维罗纳，瓦伦丁和普罗透斯是两位绅士，也是好朋友。瓦伦丁将前往米兰求学，他希望普罗透斯能结伴出行，但普罗透斯为了他的心爱之人朱莉娅要继续留在维罗纳。

女仆露切塔觉得，在朱莉娅小姐的众多追求者中，普罗透斯最好。通过普罗透斯派侍童送来的一封情书，朱莉娅断定普罗透斯爱自己，不由得坠入情网。

恰在此时，普罗透斯之父安东尼奥接受仆人潘蒂诺的劝说，苦心谋划，要安排儿子离开家，在世上经考验、受指导，成为有教养之人。潘蒂诺提议把普罗透斯送到瓦伦丁当差的米兰宫廷。安东尼奥要儿子次日动身前往米兰。普罗透斯不愿离开深爱的朱莉娅。普罗透斯向朱莉娅辞别，朱莉娅给他一枚戒指作为信物。普罗透斯给朱莉娅一枚戒指，作为交换。朱莉娅希望用神圣的吻给婚约盖印。普罗透斯以忠诚起誓，绝不变心。

普罗透斯来到米兰。他得知瓦伦丁爱上了米兰公爵之女西尔维娅，但米兰公爵已为女儿选中了有钱的图里奥做夫婿。

瓦伦丁和西尔维娅约定,帮助西尔维娅从窗户逃离,这些细节,瓦伦丁毫无保留地告诉了普罗透斯。

谁知,普罗透斯从见到西尔维娅的一瞬间,便忘记了爱人朱莉娅,忘记了朋友瓦伦丁,也忘记了曾经的誓言。他把瓦伦丁与西尔维娅的私奔计划透露给米兰公爵,计划等瓦伦丁遭到放逐后,再挫败愚笨的图里奥,最终抱得美人归。

米兰公爵听了普罗透斯的话,截住瓦伦丁,以自己的名义假意讨教如何与一位女士私奔。听完瓦伦丁的描述,米兰公爵趁机撩开瓦伦丁的披风,发现里面藏着一封相约私奔的信和一架用来攀上塔楼解救西尔维娅的绳梯。米兰公爵下令放逐瓦伦丁。

米兰公爵极力想促成图里奥与西尔维娅的婚事,向普罗透斯询问如何才能让女儿忘掉瓦伦丁、爱上图里奥。普罗透斯说,最好的办法是他去西尔维娅那里诋毁瓦伦丁,因为他是瓦伦丁的"朋友",他的话最有说服力。

普罗透斯和图里奥来到西尔维娅处,但无法动摇西尔维娅对瓦伦丁的爱,不仅如此,西尔维娅毫不客气地嘲笑普罗透斯的不忠,斥责他狡猾、虚伪,背叛自己的恋人和朋友。普罗透斯谎称朱莉娅和瓦伦丁都已死亡。无奈之下,普罗透斯希望西尔维娅能把挂在卧室里的画像赐予他,他要向那身影献出真爱。西尔维娅答应了。这一切都被躲在附近、乔装成男童、化名塞巴斯蒂安、来到米兰寻找普罗透斯的朱莉娅亲耳听见。

普罗透斯走后,西尔维娅决心逃走。她恳请埃格拉慕与她同行。

普罗透斯派他新雇用的侍童塞巴斯蒂安（朱莉娅）把一枚戒指连同一封信交给西尔维娅，去换取画像。这枚戒指正是普罗透斯与朱莉娅分别时，她送他的那枚。西尔维娅将普罗透斯的信撕碎，继而拒绝戒指，她不愿用自己的手指让朱莉娅二度蒙羞。塞巴斯蒂安（朱莉娅）深受感动，对着西尔维娅的画像赞叹不已。

埃格拉慕陪同西尔维娅逃向曼图亚。

获知这一情形，图里奥追踪而去，普罗透斯紧随其后，塞巴斯蒂安（朱莉娅）一路尾随。

众人不知的是，瓦伦丁被放逐后，他和仆人斯比德走进一处森林，遇到一伙强盗。强盗们见瓦伦丁外表英俊、谈吐不凡，不仅放弃抢劫，还强迫他答应做"野盗帮"首领。瓦伦丁接受提议，但条件是，不准对无辜女人或穷苦过路客犯下暴行。强盗们痛恨这种邪恶下贱之事，当即表示，把弄来的所有财宝，连同他们自己，一切由瓦伦丁掌控。

在曼图亚边境森林，强盗抓住西尔维娅，普罗透斯将她救出后，讨要一个柔情的眼神做奖赏。西尔维娅拒绝，说宁可让一头饥饿的狮子抓住，给野兽当早餐，也不愿虚伪的普罗透斯来救。普罗透斯再恳请，西尔维娅痛斥他背弃朱莉娅。在爱欲下失去理智的普罗透斯要动手强逼西尔维娅顺从他。此时，一直躲在近处的瓦伦丁，上前怒斥普罗透斯是恶棍，叫他松开粗鲁、野蛮的手，悲情长叹被密友伤害最深，在所有仇敌中，最坏的那个竟是他的朋友！

普罗透斯深感愧疚，请求宽恕。瓦伦丁表示原谅，并为展示友情的坦率、慷慨,愿把西尔维娅之于自身所有的一切,给予他。闻听此言,塞巴斯蒂安(朱莉娅)晕倒在地。瓦伦丁见"他"一身男装,连声呼喊。待"他"醒来,说自己主人命"他"把一枚戒指送给西尔维娅小姐。拿出戒指,普罗透斯惊呼,这是自己送给朱莉娅的。朱莉娅亮明身份,痛斥普罗透斯背誓变心。普罗透斯痛悔不已。瓦伦丁把两人的手牵在一起,祝福他们幸运结合。

强盗们把公爵和图里奥抓了来。瓦伦丁对公爵表示欢迎。公爵赞美瓦伦丁不愧为出身高贵的绅士,同意他迎娶西尔维娅。瓦伦丁请求公爵宽恕这些强盗。公爵答应赦免,并请瓦伦丁安排一切。

众人回到米兰,两对恋人一同举行婚礼。

剧中人物

米兰公爵 西尔维娅之父　　　Duke of Milan father to Silvia

瓦伦丁,普罗透斯 二绅士　　　Valentine the two Gentlemen

安东尼奥 普罗透斯之父　　　Antonio father to Proteus

图里奥 瓦伦丁之愚蠢情敌　　　Thurio a foolish viral to Valentine

埃格拉慕 助西尔维娅出逃之人　　　Eglamour agent for Silvia in her escape

斯比德 瓦伦丁之小丑式仆人①　　　Speed a clownish servant to Valentine

朗斯 普罗透斯之仆人,与斯比德类似②　　　Launce the like to Proteus

潘蒂诺 安东尼奥之仆人　　　Panthino servant to Antonio

旅店主 朱莉娅寄宿米兰之店主　　　Host where Julia lodges

强盗数人 与瓦伦丁在一起　　　Outlaws with Valentine

朱莉娅 普罗透斯心爱之人　　　Julia beloved of Proteus

---

① 小丑式仆人(clownish servant):实指活泼逗趣、机灵鬼般的仆人。

② 与斯比德类似(the like):剧中角色比斯比德更老、更蠢。

西尔维娅 *瓦伦丁心爱之人*   Silvia beloved of Valentine

露切塔 *朱莉娅之女仆*   Lucetta waiting-woman, to Julia

仆人、乐师数人   Servants Musicians

地点

维罗纳,米兰及曼图亚边境

维罗纳二绅士

THE
TWO GENTLEMEN OF VERONA.

第一幕

第一场

维罗纳，一广场

（瓦伦丁[①]与普罗透斯[②]上。）

瓦伦丁　　停止劝说，我亲爱的普罗透斯。年轻人待在家里，总是脑子简单。若非情爱将青春时光，锁进你敬爱恋人的甜美眼波，真愿你与

---

① 瓦伦丁（Valentine）："情人"之意，源自情人们的守护神"圣瓦伦丁"，亦为"圣瓦伦丁节"（Saint Valentine's Day），即每年2月14日"情人节"之由来。

② 普罗透斯（Proteus）：此名源出古希腊神话中能随意改变形体并具有先知力的海神，又名"海上老人"。

我做伴,去看外面世界的奇妙,而不是——
懒洋洋地闷在家里,——用漫无目的的懒惰
消耗青春。

　　但既已恋爱,就爱下去,爱得顺利,

　　我若开始谈情,也会这样去爱。

普罗透斯　　你要走?亲爱的瓦伦丁,再会。旅途中若碰
巧见到什么值得留意的稀罕物,要想着你的
普罗透斯。当你交上好运,要盼我分享你的
快乐。身处险境——若真有危险环绕——
把不幸交给我神圣的祷告,因为我愿做你的
祈祷者,瓦伦丁。

瓦伦丁　　照一本求爱指南,祈祷我成功?

普罗透斯　　要凭一本我爱的书,为你祷告。

瓦伦丁　　无外乎深刻爱情的浅薄故事,讲年轻的利安
德①如何横渡赫勒斯滂。

普罗透斯　　那是个深刻故事,所讲爱情更深刻,因为他
陷在爱里,陷得没过脚面。

瓦伦丁　　没错。因为您陷在爱里,陷得没过靴子,却

_____

　　① 利安德(Leander):此处化用古希腊神话中"希罗与利安德的故事"。住在赫
勒斯滂(Hellespont)海峡(今土耳其境内的达达尼尔海峡,Dardanells Strait)欧洲一端
的阿芙洛狄特神庙女祭司希罗(Hero),与对岸小亚细亚古城阿拜多斯(Abydos)青年
利安德相恋。每夜,利安德游过海峡与恋人幽会,希罗在高塔之上高举火炬引航。
一个风雨之夜,火炬熄灭,利安德迷失方向,溺水身亡。次日晨,希罗见到岸边漂浮
的尸首,跳塔殉情。

从未游过赫勒斯滂。

普罗透斯　没过靴子！不，别拿靴子笑话我①。

瓦伦丁　不，没笑话，因为那对你没好处。

普罗透斯　什么意思？

瓦伦丁　身陷恋情，在爱里，以呻吟换取轻蔑；以心痛之叹息换取鄙夷之神情；以二十个不眠、疲倦、冗长之夜，换取一时欢愉；若碰巧赢了，怕是不幸之所得；如果输了，那所得便是悲苦之辛劳。

　　无论结果如何，只能拿聪明换愚傻，

　　要不然，便由那蠢笨把睿智来征服。

普罗透斯　照您这说辞，得叫我傻瓜。

瓦伦丁　照您这情形，怕要见证这个。

普罗透斯　您在给爱神②挑毛病，可我不是爱神。

瓦伦丁　爱神是您主人，因为他主宰您。一个受愚蠢奴役的人，我看不该记在聪明录里。

普罗透斯　但作家们说，如同蚜虫入住最芳香的花蕾，最聪明人的体内住着啃噬自我的爱情。

瓦伦丁　作家们也说，如同最早的花蕾尚未绽开遭蚜虫啃光，同样，年幼娇嫩的智慧被爱情变愚

---

① 别拿靴子笑话我（give me not the boots）：别取笑我，别愚弄我。"靴子"（boots）在句中具"取笑"之双关意，下句又转意指"好处"（profit）。

② 爱神（Love）：指古罗马神话中的小爱神丘比特。

蠹;在花蕾中枯萎,甚至在春天,失却嫩绿,失却未来希望的一切美好结果。但你是个愚蠢欲望的忠实崇拜者,我因何浪费时间来规劝?再次道别!我父亲在码头等我,他要目送我登船。

普罗透斯　　我陪你过去,瓦伦丁。

瓦伦丁　　　亲爱的普罗透斯,不用。咱们就此告别。写信到米兰①,把你恋爱的成功,你朋友离开后这里有什么消息,告诉我。我有什么消息,也回信告知。

普罗透斯　　愿你在米兰一切好运!

瓦伦丁　　　愿您在家乡同样好运!那好,再会。(下。)

普罗透斯　　他追猎荣誉,我追猎爱情。他离别朋友,使朋友更荣耀。我舍弃自我、朋友和一切,为了爱情。你,朱莉娅②,使我变了形③,——使我荒疏学业,虚度时光。

　　　　　　同好言劝告作战,将世事化为乌有④;

---

① 米兰(Milan):当时的米兰公国。

② 朱莉娅(Julia):此名或源出阿瑟·布鲁克(Arthur Brooke)叙事长诗《罗梅乌斯与朱丽叶》(*Romeus and Juliet*)中的"朱丽叶"(Juliet);抑或源出"七月"(July),象征来自酷热七月之激情。

③ 变了形(metamorphosed):"普罗透斯"的名字即暗含"随机变形"之意。意即爱上你,使我发生了改变。

④ 原文为"War with good counsel, set the world at nought."。朱生豪译为:"违背良言,忽略世事。"梁实秋译为:"不听好言相劝,一切不足顾虑。"

因冥思睿智变虚弱,因思虑心生病。

（斯比德①上。）

斯比德　　　普罗透斯先生,上帝保佑您！您见过我主
　　　　　　人吗?

普罗透斯　　刚离开这儿,正乘船前往米兰。

斯比德　　　那二十比一②,他上了船。丢了他,我来扮演
　　　　　　迷途的羊③。

普罗透斯　　的确,牧羊人稍一走开,羊八成迷路。

斯比德　　　您推断,我主人是牧羊人,这么说,我是一
　　　　　　只羊?

普罗透斯　　是这话。

斯比德　　　这么说,甭管我醒或睡着,我的犄角就是他
　　　　　　的犄角④。

普罗透斯　　一句愚蠢回答,正配一只羊。

斯比德　　　这证明我还是一只羊。

普罗透斯　　对,你主人是位牧羊人。

斯比德　　　不,我能凭一个理由予以否认。

---

　　①斯比德(Speed):该名有机敏之意,但斯比德在剧中时常办事迟钝,有反讽
意味。
　　②意即十之八九。
　　③羊(sheep):与"船"(ship)谐音双关。
　　④这句台词显得突兀且费解。此句暗示:主人不在,我怕是要给他戴绿帽子。
旧时传说,妻子出轨的丈夫,额头长犄角。

普罗透斯	若不能凭另一个理由予以证明,算我倒霉。
斯比德	牧羊人在找羊,不是羊找牧羊人。我在找我主人,不是我主人找我。所以,我不是羊。
普罗透斯	为吃草料,羊跟着牧羊人,牧羊人跟着羊,并非为了吃。为挣工钱,你才跟着主人,主人跟着你,不为挣工钱。所以,你是一只羊。
斯比德	再来这么个证据,就能使我"咩咩"①叫。
普罗透斯	那,听好喽,我的信给朱莉娅了?
斯比德	对,先生。我,一只迷途的羊,把您的信给了她,一只穿花边胸衣的羊②。可她,那只穿花边胸衣的羊,对我这只迷途的羊,付出的辛劳,什么也没给。
普罗透斯	这儿牧场太小,这么多羊,容不下。
斯比德	那地方若挤得慌,您最好捅死她③。
普罗透斯	不,您在那上面迷了路,最好把您关在圈里。④
斯比德	不,先生,我给您送信,用不了一镑钱⑤。

---

① "咩咩"(baa):与表示轻蔑不屑的语气词"呸"(bah)双关。

② 原文为"a laced-mutton"。"迷途的"(lost)与"花边胸衣"(laced)谐音双关。在此,以"穿花边胸衣的羊"暗指妓女,因当时妓女常穿镶花边的胸衣或紧身胸衣。朱生豪译为:"一头细腰的母羊。"梁实秋译为:"一只风骚的羊。"

③ 捅死她(stick her):含性意味,指发生关系;双关意为"关在围栏里"。

④ 此处对白,是双方在通过双关语言游戏斗嘴。"迷了路"(astray)暗指说话错话;"关在圈里"(pound)有"像动物一样被关进栏里"和"猛击"(beating)之意,意即您在这上面说错了话,欠一顿痛揍。

⑤ 一镑钱(pound):一镑等于20先令,与上句"关在圈里"的"猛击"之意构成双关,意即我不想挨揍。

普罗透斯	您弄错了，我说的是畜栏——家畜栏。
斯比德	从一镑钱变成一根针①？给您情人送信，这点儿报酬，连翻好多倍，都不够。
普罗透斯	她说了什么？
斯比德	（先点头。）对。
普罗透斯	点头，——对？——哎呀，那就是傻瓜蛋②。
斯比德	您误会了，先生。我说，她点了头。您问，她是否点了头。我说，对。
普罗透斯	连在一起就是傻瓜蛋。
斯比德	既然您费力连起来，那就把它赏给您。
普罗透斯	不，不，您给我送信，要赏给您。
斯比德	唉，我发觉非容忍您不可。
普罗透斯	嘿，先生，怎么个容忍？
斯比德	以圣母马利亚起誓，先生，这信，尽职送去，费了力，除了一个傻瓜蛋，一无所获。
普罗透斯	愿魔鬼抓我走，您脑子真快。
斯比德	那也快不过您迟缓的钱袋。
普罗透斯	快，快，简短敞开话题③。她说了什么？
斯比德	您敞开钱袋，让钱和话题这两样，立刻交付。

---

① 普罗透斯上句说"家畜栏"（pinfold），斯比德此处故意将其拆分成"一根针"（a pin）和"加倍"（fold）两个词，同时，"flod"这个词亦指将信件对折起来。"a pin"亦可译作"不值钱的小东西"。

② 傻瓜蛋（noddy）：与"点头，——对"（nod,—ay）读音相近，构成双关意。

③ 意即透露实情。

普罗透斯	好吧,先生。这是你的跑腿钱。(给钱。)她说了什么?
斯比德	(掂量手里的钱,面露不屑。)说真的,先生,我看您很难把她赢到手。
普罗透斯	为什么? 从她那儿发觉什么?
斯比德	先生,从她那儿毫无所获。嗯,把您的信送去,一达克特①没见着。我带去您的情意,她对我这么吝啬,怕等您当面告白,她要证明,对您同样吝啬。只管拿石头当定情信物,因为她硬如钢铁。
普罗透斯	怎么,她一句话没说?
斯比德	没,连"拿着这个,辛苦了"都没说。为证明您的慷慨,感谢您,您给了我六便士。作为回报,以后您自己送信吧。那好,先生,我会替您问候我的主人。
普罗透斯	走,走,快走,去救您的船免遭损毁。有你在船上,船毁不了,因为注定要在岸上吊死你。(斯比德下。)——我非得派一更靠谱的送信人:怕我的朱莉娅,从这么个不中用的信差手里接过信,不屑一看。(下。)

---

① 达克特(ducat):旧时流通于欧洲各国的一种金币。一达克特即一枚金币,币值约合四五先令。

第二场

维罗纳,朱莉娅家中花园

（朱莉娅与露切塔上。）

朱莉娅　　说吧,露切塔,——这会儿没别人,——你劝我
　　　　　谈个恋爱?

露切塔　　是的,小姐,只要您留神别跌倒。

朱莉娅　　成群的体面绅士,每天来与我交谈,依你看,哪
　　　　　个最值得爱?

露切塔　　请您重复一下名字,我要按我粗浅的知识,表
　　　　　明看法。

朱莉娅　　你看英俊的埃格拉慕爵士①如何?

露切塔　　　　一位能说会道,整洁优雅的骑士;
　　　　　　　但,我若是您,他永不该属于我。

朱莉娅　　你觉得有钱的莫卡西奥②,怎样?

---

　　① 埃格拉慕爵士(Sir Eglamour):这个人与第五幕帮西尔维娅出逃的那位埃格
拉慕爵士,同名不同人。

　　② 莫卡西奥(Mercatio):此名暗示此人是位商人(merchant)。

露切塔	他十分富有；但本人嘛，一般般。
朱莉娅	你觉得出身高贵的普罗透斯如何？
露切塔	主，主啊！看愚蠢怎么统治我们①！
朱莉娅	怎么？一提他名字你就激情爆发？
露切塔	宽恕我，亲爱的小姐。这多②丢脸， 像我——这么一文不值的人，—— 竟来褒贬如此可爱的绅士。
朱莉娅	别人都褒贬过了，为何对他例外？
露切塔	这么说吧，那么多好男人里，我觉得他最好。
朱莉娅	您的理由？
露切塔	没别的，一个女人的理由而已。我觉得他最 好，因为我这么觉得。
朱莉娅	你愿我把爱情赠予他？
露切塔	对，若您觉得没荒废爱情。
朱莉娅	为何他，所有人里，从没向我求过爱？
露切塔	只因他，所有人里，我觉得对您最爱。
朱莉娅	他说话极少，分明表示他的爱很小。
露切塔	关得最严实的火，烧得最旺。
朱莉娅	谁不表露爱，谁就没在爱。
露切塔	啊！谁让人知道他在爱，谁的爱最少。

---

① 原文为"to see what folly reigns in us."。朱生豪译为："请看我们凡人是何等愚蠢！"梁实秋译为："我们谈得多么荒唐？"

② 多（passing）：与上句"激情"（passion）双关。

朱莉娅　　愿我能知道他的心思。

露切塔　　读一下这封信，小姐。(递一信。)

朱莉娅　　(读。)"致朱莉娅。"——说，谁写的？

露切塔　　信里明摆着。

朱莉娅　　说呀，说，谁给你的？

露切塔　　瓦伦丁先生的侍童，我想，是普罗透斯派来的。

　　　　　　他原想当面给您，路上遇见我。

　　　　　　我以您的名义收下。请宽恕过错。

朱莉娅　　现在，以我的贞洁起誓，真是个好媒人！您敢
　　　　　擅自接受调情的诗行？与人串通，图谋我的青
　　　　　春①？好了，相信我，这个职位价值巨大，您是
　　　　　这职位的恰当人选。得啦，把信拿走，还给人
　　　　　家，否则，别再回到我眼前。

露切塔　　　帮人求爱，没得报酬反遭恨。

朱莉娅　　　你还不去？

露切塔　　　去，好让您仔细想一下。(下。)

朱莉娅　　但真愿我读过这封信。叫回来，求她犯一个我
　　　　　刚责骂她的错，丢脸。真是个傻瓜，明知我是
　　　　　处女，为啥不逼我看一眼那封信！因为是贞洁
　　　　　处女，偏要对别人希望把其所提理解成"是"的

---

　　　① 原文为"To whisper and conspire against my youth?"。朱生豪译为："瞒着我跟
人家串通一气，来欺辱我的年轻吗？"梁实秋译为："来共同略诱我的贞操？"

露切塔　　　读一下这封信,小姐。(递一信)

那类事说"不"。呸,呸! 这愚蠢的爱情多么任性,——活像性急的婴儿,——要抓挠奶妈,随后立刻,乖顺听话,吻起那打屁股枝条①! 我那么粗暴地把露切塔骂走,当时我真愿她留在这儿! 我那么愤怒地教我眉头紧皱,当时内在喜悦逼迫我的心露出微笑! 我的忏悔是,叫回露切塔,求她宽恕我刚干的蠢事。——喂,嗬! 露切塔!

(露切塔上。)

露切塔　小姐您什么事?

朱莉娅　到吃饭时间了?

露切塔　但愿快了,好让食物杀死您的胃气②,免得对女仆③发火。(丢下一信,再随手捡起。)

朱莉娅　您轻手轻脚捡的什么?

露切塔　没什么。

朱莉娅　那,为何弯腰?

露切塔　把刚掉的那封信捡起来。

朱莉娅　那信,不算什么?

---

① 原文为"And presently, all humbled, kiss the rod!"。朱生豪译为:"一忽儿又服服帖帖地甘心受责。"梁实秋译为:"一下子被镇压之后又服服帖帖的了!"

② 杀死您的胃气(kill your stomach):"(在食物上)满足食欲"与"平息怒气(胃火)"双关。

③ "食物"(meat)与"伙伴"(mate)发音相近,与"女仆"(maid)构成语言游戏。

露切塔　　与我毫不相关。

朱莉娅　　那让它躺着，留给相关之人。

露切塔　　小姐，对相关之人，它不会撒谎①，除非读的人
　　　　　存心读错。

朱莉娅　　是哪个心上人给您写的韵体诗？

露切塔　　小姐，您定个调，我好唱出来，给个音符。小姐
　　　　　您会谱曲②——

朱莉娅　　我岂能写这种小零碎儿③，最好按"薄情女"④的
　　　　　调子唱。

露切塔　　它太沉重，这么轻佻的调子配不上。

朱莉娅　　沉重！那，说不定有副歌伴唱⑤？

露切塔　　对，由您来唱，一定悦耳。

朱莉娅　　您为何不唱？

露切塔　　我攀不上去。⑥

朱莉娅　　让我看看这首歌。(接过信。)怎么，您这骚丫头⑦！

露切塔　　始终别变调，这样就能唱完这首歌。但这个曲

---

① 撒谎(lie)：与上句"躺着"(lie)同音双关。

② 谱曲(set)：与"写信"(write a letter)双关。

③ 朱莉娅嘴上这么说，心里却十分看重。

④ "薄情女"(Light o' love)：英格兰一首古老歌舞曲，无叠句，歌词失传，轻浮曲
调留存至今。

⑤ 副歌伴唱(burden)：另有"负担"之意，意即有副歌伴唱，便负担得起沉重
内容。

⑥ 意即我唱不出那么高的音调，同时，也无法赢得普罗透斯这种地位的人。

⑦ 骚丫头(minion)：与"半音符"(minim)双关。

调,我不喜欢。

朱莉娅　您不喜欢?

露切塔　是,小姐,调子太尖①。

朱莉娅　您这个,骚丫头,太粗野。

露切塔　不,您现在调门太低②,太刺耳的高音旋律③破坏了和谐。要唱完这首歌,您只缺一个中音④。

朱莉娅　中音让您不受管束的低音⑤给淹没了。

露切塔　真的,我要去解救敌垒中的普罗透斯⑥。

朱莉娅　以后别拿这种胡诌来烦我。——爱的宣言引出一场纷扰!⑦——(撕信。)走,您走开,让碎纸片丢在这儿。您想摆弄它们,存心气我。

露切塔　她假装满不在乎,但再有一封信惹自己这么生

---

① 调子太尖(sharp):此处有两层意涵,一是音调太高,二是暗指朱莉娅动作粗鲁,为逼她交出信,在舞台上对她连掐带拧。

② 调门太低(flat):另有"说话生硬"之意,暗指朱莉娅说话不客气。

③ 高音旋律(descant):另有"吹毛求疵的批评"之意,暗指朱莉娅故意挑毛病。

④ 中音(mean):暗指普罗透斯。此词另有"机会"之意。

⑤ 不受管束的低音(unruly bass):暗指露切塔说话放肆,行为低贱。

⑥ 原文为"I bid the base for Proteus."。意即我要解救在"抓俘房"游戏中被俘的普罗透斯。露切塔在此借儿童"抓俘房"游戏打比方,把普罗透斯比为被"胜利者"朱莉娅抓去"敌垒"(base)的俘房,她要扮演"营救者",前去挑战营救。"抓俘房"游戏规则:甲乙双方各设一垒分别守卫,并各设俘房营,甲方有人出垒,乙方追获,关入俘房营。甲方再派人营救。此句朱生豪未译,梁实秋译为:"我是要营救被俘的普洛蒂阿斯。"

⑦ 爱的宣言(protestation):指普罗透斯的情书。此句原文为"Here is a coil with protestation."。朱生豪译为:"瞧谁再敢拿进这不三不四的书信来!"梁实秋译为:"你真是废话连篇!"

气,那最高兴不过。(下。)

朱莉娅　不,但愿有同样的信惹我如此生气! 啊,可恨的双手,将这心爱的字句撕碎! 害人的黄蜂①,吃下这么甜的蜂蜜,却用毒刺蜇死蜜蜂! 为了补偿,我要亲吻每一张碎片。(查验纸片。)瞧,这儿写着——"仁慈的朱莉娅"。——狠心的朱莉娅! 好似为报复你的忘恩负义,我要把你的名字扔向把人碰青肿的石头,轻蔑践踏你的屈辱②。这儿写着——"为情所伤的普罗透斯"——可怜的受了伤的名字! 愿我的胸窝,做一张床,供你住下,等你的伤完全治愈。③我这样用疗伤的一吻清理伤口。但"普罗透斯"写下两三回。平息吧,仁慈的风,别吹跑一个字,直到我找见信里每一个字,除了自己的名字。那名字,让旋风刮向粗硬、可怖的巉岩,随后丢进狂怒的大海! ——瞧,这一行,他的名字出现两次。——"可怜的遭遗弃的普罗透

---

① 害人的黄蜂(injurious wasps):朱莉娅把自己撕信的两只手比作黄蜂。

② 原文为"Trampling contemptuously on thy disdain."。朱生豪译为:"把你倨傲的态度加以践踏。"梁实秋译为:"轻蔑地践踏你的傲慢。"

③ 原文为"my bosom, as a bed / Shall lodge thee till thy wound be throughly healed."。意即我要用我的心滋养你的名字。朱生豪译为:"把我的胸口做你的眠床,养息到你的创痕完全平复吧。"梁实秋译为:"让我的胸怀做你的床,等着你的创伤完全复原吧。"

斯,痴恋的普罗透斯,致亲爱的朱莉娅。"——
我要撕毁,又不愿撕,因为他把我的名字同他
哀怨的名字配成一对,那么妥帖。这样对折,
一上一下①。现在亲吻,拥抱,争斗,遂其所愿。

(露切塔上。)

露切塔　小姐,饭好了,您父亲在等您。

朱莉娅　好,咱们走。

露切塔　怎么,让这些碎片丢在这儿,好泄密?

朱莉娅　您若稀罕,最好捡起来。

露切塔　不,刚因丢下它们挨了骂。不能躺在这儿,怕
　　　　受凉。(捡起纸片。)

朱莉娅　我看您对它们挺好。

露切塔　是,小姐,您能眼见什么说什么。我也见了不
　　　　少事,尽管,您以为我睁眼瞎。

朱莉娅　行了,行了。您不乐意走?(同下。)

① 含性意味,指朱莉娅心中希望与普罗透斯结为一体。

第三场

维罗纳,安东尼奥家中一室

(安东尼奥与潘蒂诺上。)

安东尼奥　　告诉我,潘蒂诺,我兄弟在回廊里拉住您,谈了什么严肃话题?

潘蒂诺　　　关于他侄子,普罗透斯,您儿子。

安东尼奥　　呃,他有什么好谈?

潘蒂诺　　　他纳闷,阁下您会容许他把青春耗在家里,别人家,哪怕声望稍差,却送儿子们出去寻机升迁:有的去打仗,到战场去碰运气;有的去远方发现海岛;有的去大学用功。他说您儿子普罗透斯,对随便哪件事或所有这些,都适合,要我敦促您,别再让他把时间耗在家里,年轻时不出门游历,等年老时,那是一大耻辱。

安东尼奥　　根本无须你敦促,这个月我一直苦心谋划。我考虑到他时间的损耗,若不在世上经考验、受指导,岂能成为有教养的人:经历凭勤奋获得,圆满随光阴飞逝而来。那,告诉我,最好送他去哪儿?

潘蒂诺　　我想阁下您并非不知道,他有位朋友,年轻的瓦伦丁,在宫廷里侍奉皇帝[①]。

安东尼奥　这我知道。

潘蒂诺　　依我看,您把他送那儿去,挺好。他在那儿,能练习持矛冲刺和骑士比武[②],听优雅的对话,和贵族们交谈,目睹每一项与他的青春和高贵出身相配的活动。

安东尼奥　我喜欢你的提议,劝得好。这主意,你能感到我多么喜欢,得让人知晓我要执行。我要尽全速立即把他送进皇帝宫中。

潘蒂诺　　请听我说,明天,阿方索先生与另几位身份高贵的绅士,正要启程,去向皇帝表达敬意,对他的意旨,甘愿效劳。

安东尼奥　好伙伴。普罗透斯与他们同行。刚巧——正是时候——把计划透露给他。(普罗透斯读信上。)

　　[①] 皇帝(emperor):指米兰公爵。剧中有人称其皇帝或公爵,之所以如此,或因神圣罗马帝国哈布斯堡王朝皇帝查理五世(Charles V, Holy Roman Emperor)在位期间(1520—1556),多次出行米兰,其间,米兰既有皇帝亦有公爵。
　　[②] 持矛冲刺和骑士比武(tilts and tournaments):两项均为中世纪骑士们经常进行的训练。

普罗透斯　　　甜美的爱情！甜美的诗行！甜美的生活！
　　　　　　　这是她亲笔，她心灵的代理人；这是她的爱
　　　　　　　情誓言，她贞洁的保证。啊！愿各自父亲对
　　　　　　　我们的爱情表示满意，以赞同认可我们的美
　　　　　　　满！啊，天使般的朱莉娅！——

安东尼奥　　　怎么？您在读什么信？

普罗透斯　　　请您听我说，瓦伦丁的来信，一两句问候，有
　　　　　　　位朋友从他那儿带了来。

安东尼奥　　　给我信，看有什么消息。

普罗透斯　　　没什么消息，父亲。只是说，过得多么快乐，
　　　　　　　多么得宠爱，每天受皇帝恩典。希望我和他
　　　　　　　在一起，做他幸运的伙伴。

安东尼奥　　　您对他这希望意下如何？

普罗透斯　　　仰仗您的意愿，不依靠他友好的希望。

安东尼奥　　　我的意愿同他的希望大体一致。我这样突
　　　　　　　然动议，别吃惊。因为我想怎样，就怎样，这
　　　　　　　就是结果。我主意已定，要你和瓦伦丁一
　　　　　　　起，在皇宫中待一段时间。他从亲友那里得
　　　　　　　多少生活费，我如数给你。明天准备好动
　　　　　　　身，别找借口，因我已做出决断。

普罗透斯　　　父亲，这么快，我准备不好。请您，延缓一两天。

安东尼奥　　　需要什么，保证随后给你送到。别再提延
　　　　　　　缓，明天必须走。——来，潘蒂诺，我要派您

普罗透斯　　甜美的爱情！甜美的诗行！甜美的生活！

做个事，让他加速远征。(安东尼奥与潘蒂诺下。)

普罗透斯　　就这样，我因怕被烧避开火，却淹在海里浑
　　　　　　身湿透。我害怕给父亲看朱莉娅的信，唯恐
　　　　　　他反对我恋爱；凭我自找托词的好处，他给
　　　　　　我的恋爱造成最大障碍。

　　　　　　啊！这爱情的嫩苗多么像

　　　　　　　　四月天变幻莫测的壮丽，

　　　　　　此刻展露出阳光的一切美景，

　　　　　　　　一片阴云瞬间夺走一切！

(潘蒂诺上。)

潘蒂诺　　　普罗透斯先生，您父亲，叫您：

　　　　　　他很急切，因此，请您，快去。

普罗透斯　　唉，这就是：我的心答应去那里，

　　　　　　心底却又要回答一千遍"不同意"。(同下。)

第二幕

第一场

米兰,公爵宫内一室

(瓦伦丁与斯比德上。)

斯比德　　先生,您的手套。(递手套。)

瓦伦丁　　不是我的。我的在手上。

斯比德　　哎呀,也许是您的,因为这正巧是一只①。

---

① 上句"在手上"(are on)之"on"与这句"一只"(one)在当时的读音均与"自己的"(own)读音谐音,故构成双关,但中文无法译出。上句双关意即我的(手套)是我自己的,此处双关意即因这只正巧是自己的。

瓦伦丁	哈!让我看看。对,给我,是我的。
	一件神奇的装饰物,多可爱的饰物!
	啊,西尔维娅①,西尔维娅!
斯比德	(呼唤。)西尔维娅小姐!西尔维娅小姐!
瓦伦丁	你这家伙,怎么了?
斯比德	这儿她听不见,先生。
瓦伦丁	哎呀,先生,谁叫您喊她了?
斯比德	阁下您,先生,不然,是我弄错了。
瓦伦丁	唉,您老那么冒失。
斯比德	可上回您骂我太磨蹭。
瓦伦丁	行了,先生。告诉我,您认识西尔维娅小姐吗?
斯比德	阁下您爱的那位?
瓦伦丁	嘿,您怎么知道我在恋爱?
斯比德	以圣母马利亚起誓,凭这些特殊记号:第一,您学会了——像普罗透斯先生那样——双臂抱胸②,好似心存不满;唱起情歌,好似一只红胸脯的知更鸟;独自漫步,好似染上瘟疫;叹息,好似丢了字母课本的学童;哭泣,好似刚葬完祖母的小姑娘;禁食,好似在节食;熬夜,好似害怕强盗;说话带哭腔,好似万圣节上的乞

---

① 西尔维娅(Silvia):名字源自拉丁文"森林"(silva),亦指林地之神或精灵。

② 双臂抱胸(wreathe your arms):当时人们惯于把双臂交叉置于胸前这一姿势视为心怀忧郁者的表征。

丐①。从前，您一笑起来，好似雄鸡打鸣；一迈步，好似狮群中的一头；一禁食，那是刚吃完饭；一面露愁容，那是缺钱了。眼下，凭一个情人，把您变了形②，因为，一见到您，很难把您认作我的主人。

瓦伦丁　您在我身上觉出这些事？

斯比德　一切都能从外表看出来。

瓦伦丁　我不在的时候！哪能看出来③。

斯比德　您不在的时候！哼，肯定能④：因为，您若不这样蠢，没人能看出来。但您把这些蠢事完全围住，这些蠢事在您身上随处可见，透过您能照出来，活像尿瓶里的尿液，凡能看见它的眼睛，无一不是评析疾病的医生⑤。

瓦伦丁　告诉我，你认识我的西尔维娅小姐？

斯比德　吃晚饭时，您盯着看的那位？

瓦伦丁　你也看到了？我是说，她本人。

斯比德　哎呀，先生，我不认识她。

---

① 每年11月1日，相传在万圣节这一天，乞丐们更卖力求人施舍，话里带着哭腔。

② 斯比德故意调侃，恋爱使瓦伦丁变成另一个人。

③ 原文为"without me! They cannot."。意即我不在的时候，怎能看得出来。朱生豪未译。梁实秋译为："看得我本身不在此地？那是绝对看不出来的。"

④ 意即那当然看不出。

⑤ 原文为"not an eye that sees you but is a physician to comment on you malady."。朱生豪译为："不论谁一眼见了您，都像医生见了尿一样，诊断得出您的病症来。"梁实秋译为："任何人一眼看到，便可像医生一般判断出您的病症。"

瓦伦丁　你知道我在凝视她，却不认得她？

斯比德　她不是长得很丑吗，先生？

瓦伦丁　没漂亮得那么好看①，伙计。

斯比德　先生，我很清楚。

瓦伦丁　清楚什么？

斯比德　她没那么漂亮，好看到合您意。②

瓦伦丁　我是说，美丽是精致的，但魅力无限。③

斯比德　那因为一个是化妆涂抹，另一个数不过来。

瓦伦丁　怎么化妆涂抹？怎么数不过来？

斯比德　以圣母马利亚起誓，先生，这样涂抹为的是漂亮，却没人数得出她的美④。

瓦伦丁　你在质疑我的眼光？我数得出她的美。

斯比德　从她"变形"之后，您从未见过她⑤。

瓦伦丁　她"变形"多久了？

斯比德　自打您爱上她。

瓦伦丁　一见她，我就爱上她，总看她很美。

---

① 原文为"Not so fair, boy, as well-favoured."。朱生豪译为："她的面貌还不及她的心肠那么美。"梁实秋译为："她的颜色不算是怎样的美。"

② 原文为"That she is not fair as, of you, well-favoured."。朱生豪译为："她长得并不漂亮，不过您欢喜她就是了。"梁实秋译为："她的漂亮不值得您的宠爱。"

③ 原文为"I mean that her beauty is exquisite, but her favour infinite."。朱生豪译为："我是说她的美貌是绝顶的，可是她的好心肠更是不可限量。"梁实秋译为："我的意思是说，她的相貌固然很美，她的妩媚尤为不可限量。"

④ 意即涂脂抹粉遮住了天生丽质，便无人看重她的美貌。

⑤ 意即化妆让她改变容貌之后，您一直没见过她。

斯比德　　您若爱她,就看不见她。

瓦伦丁　　为什么?

斯比德　　因为爱神是睁眼瞎。①啊,愿您能有我的双眼,
　　　　　要么,您自己的眼睛,能有您责骂普罗透斯先
　　　　　生出门不系吊袜带②时的那般透亮!

瓦伦丁　　那我该看什么?

斯比德　　看您自己眼下的愚蠢和她的极端丑相。因为
　　　　　他,一旦爱上,便看不见马裤的吊袜带;而您,
　　　　　一旦爱上,穿了马裤都看不见③。

瓦伦丁　　或许,伙计,那您也在恋爱,因为今早没见您给
　　　　　我擦鞋。

斯比德　　没错,先生,我恋上了我的床。感谢您,因我恋
　　　　　床打了我,这叫我斗胆来责怪您恋爱。

瓦伦丁　　总之,我挺直了④爱她。

斯比德　　我希望您能落座⑤,好让恋情止住。

瓦伦丁　　昨晚她命我写几行情诗,给她爱的一个人。

斯比德　　写了?

① 传统上将古罗马神话中的小爱神丘比特描绘成盲目瞎眼的形象。因爱神瞎眼,故有"爱情盲目"一说。
② 出门不系吊袜带(going ungartered):指男人害上相思病的病症之一是不修边幅。
③ 意即您陷入爱情的狼狈相比普罗透斯更糟。
④ 挺直了(stand):具性意味,暗指勃起。
⑤ 落座(set):具性意味,暗指让勃起落下,意即使恋情平静下来。此处上下句以"站立"(stand)和"坐下"(set)玩语言游戏。

瓦伦丁	写了。
斯比德	写得不蹩脚?
瓦伦丁	不,伙计,我尽力往好里写的。——安静!她来了。

(西尔维娅上。)

斯比德	(旁白。)啊,精彩的木偶戏!啊,超棒的提线木偶!现在他要替她开口①。
瓦伦丁	小姐,女主人,道一千声早安。
斯比德	(旁白。)愿上帝赐你们晚安! 这儿有一百万份礼貌。
西尔维娅	瓦伦丁先生,仆人②,给您道两千个早安。
斯比德	(旁白。)他该给她利息③,她却反过来倒贴。
瓦伦丁	按您指令,我为您那位私密匿名恋人,写了一封信。若非出于为小姐您尽本分,我不愿干这种事。(递她一信。)
西尔维娅	谢谢您,懂礼貌的仆人。写得很有学者文风。

① 斯比德把西尔维娅比作瓦伦丁的提线木偶,意即此时瓦伦丁要为木偶戏里的木偶(西尔维娅)开口说话。

② 仆人(servant):指为女士效劳的男性爱慕者。

③ 此句原文为"He should give her interest, and she gives it him."。利息(interest)与"兴趣"具双关义。意即既然瓦伦丁爱慕西尔维娅,该对她感兴趣才对,结果她给他道早安数却翻了倍,活似倒贴给他加倍利息。

瓦伦丁	相信我,小姐,写成十分不易。因为不知道写给谁,只能随便写,闪烁其词。
西尔维娅	也许您觉得,费这么大劲不值?
瓦伦丁	不,小姐,只要对您有好处,我愿意写。——请您下令。——哪怕写一千回。只是——
西尔维娅	灵巧的停顿! 好,我猜猜续篇:只是我不愿挑明;——只是我不在乎;——(递信给他。)只是把这信拿回去。——只是我感谢您,意思是,从此不再劳烦您。
斯比德	(旁白。)只是您乐意劳烦;只是再来一次"只是"。
瓦伦丁	小姐您何意? 不喜欢它?
西尔维娅	喜欢,喜欢,行文很妙,但,既然不愿写,拿回吧。不,拿去。(交还信。)
瓦伦丁	小姐,信是为您写的。
西尔维娅	对,对,这信,先生,是我要您写的,但我不想要了。给您吧。我愿这信写得更动情。
瓦伦丁	小姐您若高兴,我愿再写一封。
西尔维娅	写好之后,为我读一遍。您若觉满意,随它;若不满意,唉,也随它。
瓦伦丁	小姐,我若觉满意,那怎样?
西尔维娅	哎呀,若觉满意,便拿去当酬劳。那好,再会,仆人。(下。)
斯比德	啊,看不见的玩笑,神秘,无形,

像人脸上的鼻子,尖塔上的风信鸡①!

我主人向她求爱,她倒来教求爱者,

原本是她的学生,反变成家庭教师。

啊,妙计! 谁听到过更好的计策?

我主人代人写信,却写给了自己?

瓦伦丁	怎么了,伙计! 您在跟自己讲什么理?
斯比德	不,我在凑韵作诗。您才有理由跟自己讲理。
瓦伦丁	讲理做什么?
斯比德	做西尔维娅小姐的代言人。
瓦伦丁	讲给谁听?
斯比德	讲给您自己。哎呀,她借一巧计向您求爱。
瓦伦丁	什么巧计?
斯比德	借一封信,我想。
瓦伦丁	呃,她没给我写过信?
斯比德	何必亲手写,她让您把信写给自己? 哎呀,您没看穿这玩笑?
瓦伦丁	没,相信我。
斯比德	真没法信您的话,先生。但您看出她的定金②了?
瓦伦丁	除了一句气话,什么也没给。

---

① 风信鸡(weathercock):公鸡形状的风向标,常置于教堂或塔楼尖顶。

② 定金(earnest):与"诚意""保证"构成双关意,意即您看出她的诚意了? 或您看出她的(爱情)保证了?

斯比德　　　哎呀,给了您一封信。

瓦伦丁　　　那封信,我代她写给她恋人的。

斯比德　　　那封信,她已交出,无话可说①。

瓦伦丁　　　但愿情形不坏。

斯比德　　　我向您保证,这明摆着:

　　　　　　　　因您常给她写信;而她,出于羞怯,

　　　　　　　　或因缺少空闲,无法回复;

　　　　　　　　或担心哪位信差透露心思,

　　　　　　　　便教恋人亲手给自己写信。

　　　　　　我这番话非常精确,因为犹如在书中找见。您
　　　　　　为何愣神,先生? 该吃饭了。

瓦伦丁　　　我吃过了②。

斯比德　　　唉,但您听好,先生:虽说爱神这条变色龙③能
　　　　　　以空气为食,我得靠粮食滋养,还偏爱吃肉。啊,
　　　　　　别像您女主人那样。动心吧,动心吧! ④(同下。)

---

　　① 无话可说(there an end):亦可译为"就这么回事儿"。

　　② 意即西尔维娅秀色可餐,我已大饱眼福。

　　③ 指爱神丘比特像变色龙一样善变,以此转指爱情变化无常。相传变色龙能
以吃空气为生。朱生豪译为:"这个变色龙爱情。"梁实秋译为:"爱情中人像变色龙
一般。"

　　④ 此处有两层意涵:一是让西尔维娅小姐对您动心吧,二是说动您去吃晚饭
吧。朱生豪译为:"求您发发慈悲吧。"梁实秋译为:"怜悯我吧,怜悯我吧。"

第二场

维罗纳,朱莉娅家中一室

(普罗透斯与朱莉娅上。)

普罗透斯　　要忍耐,朱莉娅。

朱莉娅　　　别无他法,只好忍耐。

普罗透斯　　一有可能,我就回来。

朱莉娅　　　只要不变心,自然很快回来。为了你的朱莉娅,收下这个信物。(给他一戒指。)

普罗透斯　　那,咱们做个交换。这个,您拿着。(给她一戒指。)

朱莉娅　　　用神圣一吻给契约盖印①。

普罗透斯　　以这只手为我真心忠诚起誓。②倘若一天里

---

　①原文为"And seal the bargain with a holy kiss."。意即以一吻签下婚约。朱生豪译为:"让我们用神圣的一吻永固我们的盟誓。"梁实秋译为:"我们用神圣的一吻来签订这一笔交易吧。"参见《新约·罗马书》16:16:"你们要用神圣的亲吻互相问安。"《新约·哥林多前书》16:20:"你们要以圣洁的亲吻彼此问安。"《新约·哥林多后书》13:12:"你们要用圣洁的亲吻彼此问安。"

　②此处无舞台提示,从剧情来看,应为普罗透斯举手发誓。

滑过一小时，我？没为你朱莉娅叹息，随后一小时，叫一些可怕的厄运因我健忘的爱心，折磨我！我父亲在等我。不用回答。正在涨潮。——不，不是你的泪流，那泪潮会阻留我更久。朱莉娅，再会！(朱莉娅下。)怎么！一言不发，走了？对，真爱正该如此。无法言说，因为真心更以行为装饰爱情，而非言语①。

(潘蒂诺上。)

潘蒂诺　　　普罗透斯先生，都等您呐。

普罗透斯　　　　走。我来啦，来啦。——

　　　　　　　唉！这种离别把可怜的恋人害成哑巴！

　　　　　　　(同下。)

---

① 原文为"For truth hath better deeds than words to grace it."。朱生豪译为："真爱情是不能用言语表达的，行为才是忠心的最好的说明。"梁实秋译为："因为真情是用行为而不是用言语来表现的。"

第三场

维罗纳，一街道

[朗斯牵狗(克莱伯)上。]

朗斯　　不，我一直哭，快一小时了。整个朗斯①家族都有这毛病。像那位怪异儿子②一样，我得了一份酬劳，要跟普罗透斯先生一起去皇帝宫廷。我想，克莱伯③，我这条狗，是世上性子最古怪的一条狗。我母亲在落泪，父亲在哀号，妹妹在哭喊，奴仆在咆哮，家里的猫在扭爪子，全家一大团乱麻，这条狠心的杂狗却没掉一滴泪。他是块石头，一块大鹅卵石，不比一条狗更具

①朗斯(Launce)：兰斯洛特(Lancelot)之简拼，或源自亚瑟王圆桌骑士中的第一位勇士"兰斯洛特"；抑或源自古法语"侍从"(l'ancelot)。

②怪异儿子(prodigious son)：朗斯本想说"浪荡儿子"(浪子，prodigal son)，意即"像那位浪子一样"。此处化用《圣经》中"浪子回头"的典故，详见《新约·路加福音》15:11-32："那小儿子对父亲说：'爸爸，请你现在就把我应得的产业分给我。'父亲就把产业分给两个儿子。"

③克莱伯(Crab)：名字源自果实酸酸的"野苹果"(crab-apple)。

仁慈。连一个犹太人①见我们离别,也会落泪。哎呀,我祖母,没了双眼,您瞧,在我离开之时,哭瞎了眼睛。不,这情形我演给您看。(演示。)这只鞋是我父亲,——不,左边这只是我父亲,——不,不,左边这只是我母亲,——不,那也不对。——嗯,这样的,这样的,——这只鞋底子②更糟。这只鞋,上面有洞③,算母亲,这只算父亲。遭报应的! 就这样算吧。喂,先生,这根拐杖④算我妹妹,因为,您瞧,她白如一朵百合,瘦如一根细棍。这顶帽子算我家女仆,南⑤。我算狗。——不,狗算它自己,我算狗。——啊,狗算我,我算我自己。对,就这样,就这样。现在,我走向父亲。"父亲,请您祝福我!"此刻,这只鞋该哭得说不出话。此刻,我该吻父亲。好吧,他在哭。那我走向母亲。——啊,愿她开口,像个发疯的⑥女人! ——好,我吻她。——哎呀,就这样,这是

---

① 当时基督教社会对犹太人充满仇视。

② 鞋底子(sole):与"灵魂"(soul)谐音双关,暗指当时关于男女灵魂的争论,认为女人的灵魂低于男人的灵魂。

③ 洞(hole):暗指女阴。

④ 拐杖(staff):常是朝圣香客的标志。

⑤ 南(Nan):女仆的名字。

⑥ 发疯的(wood):与"木鞋"(wooden shoe)具双关意,由此推测朗斯穿的可能是木鞋。

母亲在一呼一吸^①。现在,我走向妹妹。注意她发出的呻吟^②。可整个这段时间,这条狗没落一滴泪,没吐半个字。再看我,用泪水打湿了尘土。

(潘蒂诺上。)

潘蒂诺　朗斯,快走,快走。上船! 你主人已登船,你赶紧划小船追上。怎么了? 哭什么,伙计? 快走,蠢驴! 若再耽搁,就落潮了。

朗斯　这条拴住的狗^③,哪怕丢了也无所谓,因为它是谁都能拴住的最不和善的狗。

潘蒂诺　什么是最不和善的潮汐?

朗斯　哎呀,就是拴在这儿的克莱伯,——我的狗。

潘蒂诺　啧,伙计,我意思是,你会丢了潮汐;丢了潮汐,等于丢了航程;丢了航程,等于丢了主人;丢了主人,等于丢了差事;丢了差事,(朗斯示意他闭嘴。)——你干吗堵住我嘴?

朗斯　因为怕你丢了舌头。

潘蒂诺　我在哪儿丢了舌头?

---

① 此时,朗斯在舞台上用鼻子在闻鞋。
② 此时,朗斯在空中挥舞棍子发出呼呼声。
③ 拴住的狗(tied):与下句潘蒂诺所说"潮汐"(tide)谐音双关。

朗　斯　　在你的话①里。

潘蒂诺　　在你尾巴里!

朗　斯　　丢了潮汐、航程、主人、差事和拴住的狗! 喂,伙计,河若是干了,我能用泪水灌满;风若是停了,我能用叹息开船。

潘蒂诺　　走,快走,伙计。有人派我来叫你。

朗　斯　　先生,你敢怎么叫就怎么叫。

潘蒂诺　　走不走?

朗　斯　　好,走。(同下。)

---

① 话(tale):与潘蒂诺下句接的"尾巴"(tail)谐音双关。

第四场

米兰,公爵宫中一室

（瓦伦丁、西尔维娅、图里奥①与斯比德上。）

西尔维娅　　仆人！——

瓦伦丁　　女主人？

斯比德　　主人,图里奥先生朝您皱眉头。

瓦伦丁　　嗯,伙计,那是为了爱情。

斯比德　　不是为了您。

瓦伦丁　　那,为了我女主人。

斯比德　　您真该揍他。

西尔维娅　　仆人,您心里难受。

瓦伦丁　　确实,小姐,有些难受。

图里奥　　似乎没什么难受吧?

瓦伦丁　　也许没什么。

图里奥　　骗子向来如此。

---

① 图里奥(Thurio):名字源于拉丁语,"嫩芽、幼枝"之意,暗示为人处世不老到。

瓦伦丁	您就这样。
图里奥	我这样，不像个骗子吧？
瓦伦丁	聪明。
图里奥	有什么反面证据？
瓦伦丁	您的愚蠢。
图里奥	怎么能看出我愚蠢？
瓦伦丁	从您的短外套。
图里奥	短外套是件紧身夹克①。
瓦伦丁	那好，我要给您的愚蠢翻倍②。
图里奥	什么？
西尔维娅	怎么，生气了，图里奥先生！脸色都变了？
瓦伦丁	随他去，小姐，他是一种变色龙。
图里奥	它宁可吸您血，也不在您呼吸的空气里活。
瓦伦丁	说得好，先生。
图里奥	对，先生，这一回，说了能做到③。
瓦伦丁	我很清楚，先生，您总是不等动手就结束④。
西尔维娅	先生们，你们的话一顿连发齐射，射得好快。
瓦伦丁	没错，小姐，感谢指示者⑤。

---

① "短外套"（jerkin）和"紧身夹克"（doublet）均为伊丽莎白时代的男性流行装束。短外套可穿在紧身夹克外面，反之不可；也可单穿。

② 翻倍（double it）：与上句"紧身夹克"谐音双关。

③ 图里奥暗示自己事后要同瓦伦丁决斗。

④ 瓦伦丁讥讽图里奥只会动嘴不敢决斗。

⑤ 指示者（giver）：原指军中指示炮火发射方向之人，据后文可知，此处指西尔维娅。

西尔维娅	那人是谁,仆人?
瓦伦丁	您本人,甜美的小姐,因为您点燃了火。图里奥先生由您的美貌借来口才,借来的东西,正好当您面花费。
图里奥	先生,若与我一句一句耗费,我要叫您的口才破产。
瓦伦丁	我清楚得很,先生。您有一座言语金库,我想,您对仆从,给不了别的财宝,——因为,凭破旧的制服能见出,他们靠您的空话维生。
西尔维娅	别说了,先生们,别说了。——我父亲来了。

(米兰公爵上。)

公爵	瞧,西尔维娅女儿,您被攻得很紧①。——瓦伦丁先生,您父亲身体康健。您朋友们来信,带来不少好消息,您说点什么?
瓦伦丁	殿下,对任何一位来自那里的信使,我心存感激。
公爵	安东尼奥先生,您同乡,认识吗?
瓦伦丁	是的,仁慈的殿下,我认得这位绅士,家财富

---

① 攻得很紧(hard beset):借军事攻城术语代指求爱者正在发动求爱攻势。

有,受人尊敬,名声非常好,并非名实不副①。

公爵　　　他不是有个儿子?

瓦伦丁　　是的,仁慈的殿下,有个儿子,很值得这样一位父亲嘉许、赞佩。

公爵　　　您跟他熟吗?

瓦伦丁　　知他如己。因为从幼年,我们便在一起聊天、消磨时光。尽管我自己一贯偷懒逃学,无视时间的甜美益处,来用天使般的完美品质装饰我的年龄②,但普罗透斯先生——因那是他的名字——却能利用好自己的时光。他岁数不大,经验老到,头未灰白,判断成熟。一句话,——我现在给予他的所有赞美,远落后于他的价值,——他的心灵和外表无一不完美,美化一个绅士的所有高贵美德他无一不备③。

———————————

① 原文为"I know the gentleman / To be of worth and worthy estimation, / And not without desert so well reputed."。朱生豪译为:"我知道他是一位德高望重的士绅。"梁实秋译为:"我知道他是一位很有身份有名望的绅士,而且不是虚有其名。"

② 原文为"And though myself have been an idle truant, / Omitting the sweet benefit of time / To clothe mine age with angel-like perfection."。朱生豪译为:"我虽然因为习于游惰,不肯用心上进,可是普洛丢斯——那是他的名字——却很善于利用他的时间。"梁实秋译为:"虽然我自己偷懒逃学,没有能好好利用光阴把自己装点成为一个完美的人,可是普洛蒂阿斯先生,——那是他的姓名,——并没有荒废掉他的大好时光。"

③ 原文为"And in a word-for far behind his worth / Comes all the praises that I now bestow / He is completed in feature and in mind, / With all good grace to grace a gentleman."。朱生豪译为:"总而言之,他的品貌才学,都是尽善尽美,凡是上流人所应有的修养才艺,他身上都是具备的。"梁实秋译为:"总而言之,——我现在所能说的赞美之词远不足以表彰他的美德,——他的内心外表都是尽善尽美,一个绅士所应有的优点他无不具备。"

公爵　　　　诅咒我①,先生,他若真有这样好,那值得一位皇后去爱,能胜任一位皇帝的亲密顾问。嗯,先生,这位绅士由几位王公权贵推荐,前来看我,打算在此待些日子。我想这对您并非不受欢迎的消息。

瓦伦丁　　　我若有所渴望,那就是他。

公爵　　　　那按照他的价值欢迎他。西尔维娅,听我说;还有您,图里奥先生,——至于瓦伦丁,无须敦促。我这就把他送您这儿来。(下。)

瓦伦丁　　　(向西尔维娅。)这就是那位绅士,我跟您说过,本该和我一起来,但他女主人把他双眼,锁在她水晶般的眼神里。

西尔维娅　　也许此时她已释放它们,凭其他忠诚来做担保。

瓦伦丁　　　不,肯定,我想她仍把它们拘为囚徒。

西尔维娅　　不,那他成了睁眼瞎,瞎眼人,怎么认路来找您?

瓦伦丁　　　哎呀,小姐,爱神有二十双眼睛。

图里奥　　　听说爱神一只眼睛都没有。

瓦伦丁　　　看您,图里奥这样的恋人,一个寻常对象,爱

----

① 诅咒我(beshrew):一种轻咒。意即说出这种话,诅咒我吧。朱生豪译为:"真的吗?"梁实秋译为:"我敢说。"

神会闭上眼。

西尔维娅　　别吵，别吵。这位绅士来了。①

（普罗透斯上。）

瓦伦丁　　　欢迎，亲爱的普罗透斯！——女主人，我恳
　　　　　　请您，用一些特别恩惠表示对他的欢迎。

西尔维娅　　倘若这就是您常渴望听到消息之人，他的价
　　　　　　值便是在此受欢迎的保证。

瓦伦丁　　　正是，女主人。亲爱的小姐，接受他与我同
　　　　　　做您的仆人。

西尔维娅　　女主人过于卑微，承受不起这等尊贵仆人。

普罗透斯　　不是这样，亲爱的小姐。是太卑微的一个仆
　　　　　　人，不值如此尊贵的女主人瞧一眼。

瓦伦丁　　　别再谈论不足。——亲爱的小姐，拿他当您
　　　　　　的仆人待。

普罗透斯　　我要自夸为您所尽之责，别无其他。

西尔维娅　　尽责从不缺回报。仆人，一个卑微的女主人
　　　　　　欢迎您。

普罗透斯　　除您自己，谁说这话，我和谁一决生死。

西尔维娅　　说欢迎您？

普罗透斯　　说您卑微。

---

① 按"皇莎版"舞台提示，此处为"图里奥可能下场"。"新牛津版"则没有。

（一仆人①上。）

仆人　　　　　小姐，我主人、您父亲有话跟您说。

西尔维娅　　　我去侍奉父命。（仆人下。）来，图里奥先生，随
　　　　　　　我一起去。——再说一遍，新仆人，欢迎。——
　　　　　　　（向普罗透斯和瓦伦丁。）我留下你们谈家乡的
　　　　　　　事，谈完了，我们留心听你们说。

普罗透斯　　　我们俩都愿意侍候小姐。（西尔维娅与图里奥下。）

瓦伦丁　　　　现在告诉我，您出发的那里，一切都好？②

普罗透斯　　　您的朋友们都好，让我向您问好。

瓦伦丁　　　　您的朋友们可好？

普罗透斯　　　我离开时，都安好。

瓦伦丁　　　　您那位小姐怎样？恋情顺利否？

普罗透斯　　　我的恋爱故事一向惹您厌烦，我知道您不以
　　　　　　　情话为乐。

瓦伦丁　　　　对，普罗透斯，但眼下，那种生活变了。我为
　　　　　　　鄙视过爱神忏悔，他高贵威严的心思，凭禁
　　　　　　　食之苦，凭赎罪的呻吟，凭每夜垂泪和每日
　　　　　　　酸楚的叹息，惩罚了我。为报复我对爱情的
　　　　　　　轻蔑，爱神从我受奴役的双眼里追逐睡眠，

---

① 按"皇莎版"舞台提示，此处为"图里奥上或一仆人对图里奥耳语"；"新剑桥
版"舞台提示为"一侍从在门口向图里奥传口信"，随后，图里奥向西尔维娅说话；此
处按"新牛津版"。

② 意即家乡一切可好？

叫它们整宿守望我内心的悲伤。啊,高贵的普罗透斯!爱神是位强大的君王,使我如此顺服,只好承认,尘间没有比受他惩罚更糟的痛苦,也没有比为他效劳更大的快乐。除了情话,现在无话可谈。哪怕单提到爱情这字眼儿,我就能吃好早中晚三餐,睡大觉。

普罗透斯　够了。在您眼里我读出幸运,这位①是您崇拜的偶像?

瓦伦丁　就是她。她不是天使般的圣徒②吗?

普罗透斯　不是,她是尘间超凡之人。

瓦伦丁　把她唤作神圣之人。

普罗透斯　我不要讨好她。

瓦伦丁　啊,讨好我。因为恋人以赞美为乐。

普罗透斯　我患相思病③,您给我苦药吃,我要同样对待您。

瓦伦丁　那说实话,若称不上神圣,让她做个权天使④,主宰尘间一切生灵。

普罗透斯　我女主人除外。

---

① 指西尔维娅。

② 天使般的圣徒(heavenly saint):朱生豪、梁实秋均译为"天上的神仙"。

③ 相思病(sick):指对朱莉娅的恋情。

④ 权天使(principalities):九级天使中的第七级。九级天使为炽天使(seraphim)、智天使(cherbim)、座天使(ofanim)、主天使(dominions)、力天使(virtues)、能天使(powers)、权天使、大天使(archangels)、天使(angels)。众天使通称"Angels"。

瓦伦丁	亲爱的，没谁除外，除非你有意诋毁我的恋人。
普罗透斯	我提升自己的恋人，难道没理由？
瓦伦丁	我也来帮你提升①：她将享有这一崇高荣耀，——给我的小姐拉裙摆，免得低贱的泥土趁机偷吻裙服，如此巨大恩惠滋长骄傲，拒让夏日绽放的花朵在土里生根，叫寒冬永生不息。
普罗透斯	哎呀，瓦伦丁，你真能胡吹。
瓦伦丁	原谅我，普罗透斯。我所能说的与她相比，一无是处，她的价值使其他有价值之物毫无价值。她独一无二。——
普罗透斯	那让她举世无双吧②。
瓦伦丁	拿世界换也休想。③哎呀，伙计，她是我的，有这样一件珍宝，像富有二十个大海，哪怕海里的沙粒都是珍珠，海水是琼浆神酒④，岩石是纯金。宽恕我似乎冷落了你⑤，因为你看得透我痴恋心上人。我那愚蠢情敌，她父亲喜欢他，——只因他财产如此巨大，——

---

① 提升（prefer）：另有"偏爱"之双关意。

② 普罗透斯言外之意是"那随她去吧"。

③ 意即拿世界换我不爱她，也绝无可能。

④ 琼浆神酒（nectar）：古罗马神话中众神所饮的神酒。

⑤ 原文为"Forgive me that I do not dream on thee."。朱生豪译为："不要因为我从来不曾梦到过你而见怪。"梁实秋译为："请原谅我不曾在梦寐中想念你。"

与她单独同行。我必须随后跟上，因为你深知，爱情充满嫉妒。

普罗透斯　　但她爱您吗？

瓦伦丁　　　爱，我们订了婚。不，还有，结婚时间，连同巧妙逃离的每个细节，都已定好：我如何用绳梯爬上她的窗户，为了我的幸福，设计商定好一切方法。好心的普罗透斯，一起去我的住处，在这些事情上，帮我拿主意。

普罗透斯　　您先走一步，我会去找您。我得去停泊处，从船上卸一些急着用的随身物品，然后就去找您。

瓦伦丁　　　能快点吗？

普罗透斯　　会的。（瓦伦丁与斯比德下。）好比一团火驱走另一团火①，或像一颗钉用力钉出另一颗钉，像这样，一个更新的景物，将我昨日恋情的记忆完全忘却。是我的眼睛，抑或瓦伦丁的赞美；她真实的完美，抑或我的不忠之罪，使我毫无来由要这样证明自己。她长得美。我爱恋的朱莉娅，也长得美，——我爱过那美，因我的爱现已融化，那爱，好比一尊蜡像面对一炉火，原有印象丝毫不存。我想，我对

---

① 旧时认为用热敷可缓解烧伤的灼痛。

瓦伦丁的挚情冷了,不像从前那样关爱。啊!但我,太、太爱他的这位小姐,这便是我爱他那么少的理由。现在未经考虑就这样爱上她,将来又该怎样凭更多的思虑宠爱她[1]? 我所见,只是她的外表,已使我的理性之光迷乱。待他日见识她的完美品性,我没有理由不变成睁眼瞎。

若能抑制这偏离的爱,我尽力;

若不能,就用妙招,去赢得她。[2](下。)

---

[1] 原文为"How shall I dote on her with more advice / That thus without advice begin to love her?"。朱生豪译为:"我这样不假思索地爱上了雪尔薇亚,如果跟她相知渐深之后,更将怎样为她倾倒?"。梁实秋译为:"现在糊里糊涂就开始爱她,将来相知较深的时候又该怎样为她倾倒呢?"

[2] 原文为"If I can check my erring love, I will: / If not, to compass her I'll use my skill."。朱生豪译为:"要是能够制止我的迷路的恋情,我会去做;制止不住,我就得设计赢取她的芳心。"梁实秋译为:"我要尽力克制这一段荒唐的爱,/ 否则我就要设法把她夺了过来。"

第五场

米兰,一街道

[斯比德与朗斯(牵着克莱伯)分头上。]

斯比德　　朗斯! 以我的诚实起誓,欢迎来到帕多瓦①!

朗斯　　　别发假誓,可爱的青年,我不受欢迎。我老想这事,——一个人没被吊死之前,不算完蛋;同样,酒店没结清账、老板娘没说"欢迎!"之前,也不算在一个地方受欢迎。

斯比德　　快点,您这个怪人,这就带您去麦芽酒店,在那儿,一杯五便士麦芽酒,你能换五千声"欢迎"。可是,伙计,你的主人跟朱莉娅小姐,怎么道别的?

朗斯　　　以圣母马利亚起誓,他们真诚拥抱②,开着玩

---

① 斯比德故意将"米兰"说成"帕多瓦"。"新牛津版"和"皇莎版"均作"帕多瓦","新剑桥版"作"米兰"。

② "真诚"(earnest)有"财务担保"(financial pledge)之意味。"拥抱"(closed, 即 embraced)与"达成协议"(come to terms)具双关意。

斯比德　　朗斯！以我的诚实起誓,欢迎来到帕多瓦!

	笑,友好话别。
斯比德	她要嫁给他?
朗斯	不。
斯比德	那怎么回事? 他要娶她?
朗斯	也不。
斯比德	怎么,闹翻了?
朗斯	没,两人都完整得像条鱼①。
斯比德	那,两人怎么弄的交易②?
朗斯	以圣母马利亚起誓,这么回事:一旦他和她弄得好,她就和他弄得好③。
斯比德	你真是头蠢驴! 听不懂你说的。
朗斯	你真是个笨家伙,能听不懂! 我这根拐杖④都懂。
斯比德	懂你说的?
朗斯	对,还懂我怎么动,你看,我一斜身子,拐杖就弄懂了。
斯比德	的确,它在你下面弄。

---

① 原文为"they are both as whole as a fish."。朱生豪译为:"他们两人都是完完整整的。"梁实秋译为:"他们都是完完整整的,像一条鱼似的。""完整"(whole)与"洞"(hole)双关,"洞"和"鱼"(fish)在英语俚语中均暗指女阴(vagina)。

② 弄的交易(stands the matter):含性暗示。"交易"(the matter)暗示"私通"。

③ 原文为"when it stands well with him, it stands well with her."。含性暗示。朱生豪译为:"要是他没有什么问题,她也没有什么问题。"梁实秋译为:"他那一方面若是没有问题,她也就没有问题。"

④ 拐杖(staff):含性暗示,指阴茎。

朗斯	哎呀,下面弄和弄懂是一码事。
斯比德	跟我说实话,婚事能成吗?
朗斯	问我的狗,他若说"是",就能成;他若说"不",就能成;他若摇着尾巴啥也不说,就能成。
斯比德	那结论是,婚事能成。
朗斯	除了一条比喻,你休想从我嘴里获取这个秘密①。
斯比德	能这样获取就行。只是,朗斯,我主人已变成一个显眼的情人,你怎么看?
朗斯	除了这个,我从不知他还能变成啥。
斯比德	除了哪个?
朗斯	一个显眼的笨蛋,像你刚才说的。
斯比德	嘿,你这婊子养的蠢驴,你没听明白。
朗斯	哎呀,傻瓜,没说你,我在说你主人。②
斯比德	听我说,我主人成了一个火热的恋人。
朗斯	哎呀,听我说,哪怕他在爱里烧死自己,我也不管。若乐意,你陪我去麦芽酒店,若不乐意,你就是个希伯来人,一个犹太人,配不上基督徒

---

① 参见《新约·马太福音》13:34-35:"耶稣用比喻向群众讲述这一切。除了用比喻,他就不对他们说什么。他这样做正应验了先知所说:'我要用比喻向他们讲述,把创世以来隐藏的事告诉他们。'"

② 从"除了这个……"至此处,朱生豪未译。

的名号①。

斯比德　　为什么?

朗　斯　　因为你没有仁爱心,陪一个基督徒去喝麦芽
　　　　　酒。去不去?

斯比德　　乐意奉陪。(同下。)

---

① 参见《新约·约翰福音》4:9:"那女人回答,你是一个犹太人,而我是撒马利亚女人,你为什么向我要水喝呢?(原来犹太人跟撒马利亚人不相往来)";《新约·使徒行传》10:28:"犹太人是不许跟任何异族人密切来往的。"

第六场

米兰,公爵宫中一室

（普罗透斯上。）

普罗透斯　　　遗弃我的朱莉娅,我将背弃誓言;爱上美丽的西尔维娅,我将背弃誓言;伤害我的朋友,将是更大的背弃。正是起先给我誓言的那股力量,引我犯下这三重背弃。爱神命我发誓,爱神命我背弃。啊,甜美诱人的爱神,你若造下孽,教我,受你所诱的臣民,如何为它①辩白。最初我爱慕一颗闪亮的星,但此时我崇拜天上的太阳。欠考虑的誓约经慎思可以打破,谁缺少坚定意志教自己脑子以好换坏,谁就缺脑子。呸,呸,失敬的舌头!说她坏,她的权威多少次促你以灵魂发誓,

---

① 它(it):指爱神所造之孽。

发下两万个誓言①。我无法停止爱，却不再
爱；可我是在本该爱的地方停止了爱。我失
去朱莉娅；失去瓦伦丁。我若留住他们，势
必失去自我。若失去他们，倒能因失去他们
找见自我，——用自己替换瓦伦丁；用西尔
维娅替换朱莉娅。对自己比对一个朋友更
亲近，因为爱情本身始终最珍贵。②西尔维
娅——上天作证，她造得如此美丽！——相
比之下，见出朱莉娅只是黝黑的埃塞俄比亚
人③。我要忘掉朱莉娅活在人世，记住我对
她的爱已死去。要把瓦伦丁视为敌人，瞄准
她，做更亲爱的朋友。若不对瓦伦丁用些背
信行为，眼下无法证明我忠于自我。今夜他
打算用一架绳梯，爬上神圣的西尔维娅的寝
室窗口。他把我当同伴④，说出贴心话。现

---

① 原文为"to call her bad, / Whose sovereignty so oft thou hast preferred / With twenty thousand soul-confirming oaths."。朱生豪译为："她是你从前用两万遍以灵魂做证的盟言，甘心供她驱使的，现在怎么好把她叫作次品！"梁实秋译为："你说她坏，而你曾经发过千千万万遍的出自内心的誓言甘愿拜倒在她的权威之下。"

② 原文为"I to myself am dearer than a friend, / For love is still most precious in itself."。朱生豪译为："爱情永远是自私的，我自己当然比一个朋友更为宝贵。"梁实秋译为："我对于我自己总比对一个朋友要亲近些，因为爱情总是要由本人来体验才最可宝贵。"

③ 埃塞俄比亚人（Ethiope）：指赤道以南非洲埃塞俄比亚古国之人，因其皮肤黝黑，故以此代称"黑人"。伊丽莎白时代的英国人以皮肤白皙为美，黑为丑。

④ 同伴（competitor）：另有"竞争对手"之意。

在我要立刻把他们打算乔装私奔的事,通知她父亲,盛怒之下,他定会赶走瓦伦丁,因为他有意把女儿嫁给图里奥。但瓦伦丁一离开,我要凭一些花招巧计,迅速挫败愚笨的图里奥的蠢行。

爱神,既然借我才智谋划这一妙招,

再借我双翅膀,让我的目标飞速实现!

(下。)

第七场

维罗纳,朱莉娅家中一室

(朱莉娅与露切塔上。)

朱莉娅　　拿主意,露切塔。亲爱的姑娘,帮我。以仁慈之爱,我恳求你,——你是在上面清晰写满、刻下我全部思想的厚纸板①,——教我、告诉我一些好办法,如何,无损我的名誉,启程去找我亲爱的普罗透斯。

露切塔　　唉,这条路辛劳而漫长!

朱莉娅　　一个真心虔敬的朝圣者,以虚弱脚步穿行王国,不觉疲惫。何况她将有爱神的双翅去飞翔,飞向普罗透斯先生那样如此可爱、如此神圣完美之人。

露切塔　　不如耐下心,等普罗透斯回来。

朱莉娅　　啊! 你真不知道,他的眼神是我灵魂的养料?

---

① 厚纸板(table):旧时涂了厚蜡的纸板,用来写字或刻字。

露切塔　　唉, 这条路辛劳而漫长!

　　　　　　可怜饥荒,我身陷憔悴,渴望那养料如此长久。
　　　　　　你一旦懂得爱的内心触碰,便会明白,要用言
　　　　　　语扑灭爱情之火,犹如用雪去引火①。

露切塔　　　我不想扑灭您爱的烈火,只想调和爱的极端狂
　　　　　　暴,否则,它要烧过理智的边界。②

朱莉娅　　　你越阻止,它烧得越旺。那轻柔流过的潺潺溪
　　　　　　水,你要知道,一旦受阻,便抑不住狂怒。但若
　　　　　　水流无阻,便在光滑石头上奏出甜美乐音,给
　　　　　　朝圣路上的每一株莎草轻柔一吻。就这样,
　　　　　　流过许多蜿蜒水湾,随性尽情地流入狂野的
　　　　　　海洋。因此,让我去,别拦我。我要像一股涓
　　　　　　涓溪流那样安静,把迈出每一疲惫的脚步当消
　　　　　　遣,直到最后一步将我送给心上人。我要在
　　　　　　那儿止步,好似一颗受祝福的灵魂历尽骚乱,
　　　　　　抵达伊利西姆③。

露切塔　　　但一路上,您穿什么衣服?

———————

　　① 参见《旧约·雅歌》8:6-7:"爱情跟死一样坚强;/恋情跟阴间一样牢固。/它爆出火焰,/像烈火一样燃烧。/水不能熄灭爱情,/洪水也无法淹没。"

　　② 原文为"I do not seek to quench your love's hot fire, / But qualify the fire's extreme rage, / Lest it should burn above the bounds of reason."。朱生豪译为:"我并不是要压住您的爱情的烈焰,可是这把火不能够让它燃烧得过于炽盛,那是会把理智的藩篱完全烧去的。"梁实秋译为:"我并不要扑灭你的爱情的烈火,只是要控制那烈火的狂炽,否则它要燃烧得超过理性的界限。"

　　③ 伊利西姆(Elysium):古希腊神话中,贤者死后的居所;转意指极乐世界、乐园。

朱莉娅	别穿成女人的样子,因我要免遭好色男人的放荡挑逗。仁慈的露切塔,给我配几身衣服,适合好人家侍童穿的那种。
露切塔	哎呀,那,小姐您得剪头发。
朱莉娅	不,姑娘。我要用丝线扎起,编出二十个式样奇巧的同心结。穿得奢华些,让我更显得少年老成。
露切塔	马裤,小姐,要什么式样的?
朱莉娅	这等于说,——"告诉我,仁慈的主人,您要穿多大腰围的撑裙①?"哎呀,什么款式都行,你喜欢的,露切塔。
露切塔	都得给您配上一块兜裆布②,小姐。
朱莉娅	呸,呸,露切塔!那多难看。
露切塔	贴腿短裤,小姐,眼下不值一根针,除非有块兜裆布,上面弄点别针③。
朱莉娅	露切塔,你既然爱我,觉得怎么合适,又最得体④,随便你。但告诉我,姑娘,做如此不得体的一次旅行,世人会怎么看我?怕少不了叫我

---

① 撑裙(farthingale):旧时用鲸骨圆环撑起的裙服。

② 兜裆布(codpiece):15、16世纪男性所穿贴体马裤裆部前的袋状悬片,用来遮掩凸起的裆部,有"遮羞布"之意。

③ 上面弄点别针(stick pins on):把几根别针别在兜裆布上,是一种装饰兜裆布的方法。与"一根针"(a pin)对应。

④ 得体(mannerly):与"男人"(man)双关,意即有男人样。

　　　　　　　丢脸。

露切塔　　　若这样想，那您待在家里，别去。

朱莉娅　　　不，不行。

露切塔　　　那别怕坏了名声，去呗。等您见了普罗透斯，
　　　　　　若他高兴，就别在乎，您去了，有谁会不高兴。
　　　　　　怕的是，见了您，他未必高兴。

朱莉娅　　　这个，露切塔，我最不担心。普罗透斯的一千
　　　　　　条誓言，一海洋泪水，无尽之爱的证明，担保我
　　　　　　受欢迎。

露切塔　　　这一切都是虚伪男人们的差役。

朱莉娅　　　卑贱男人，才用它们达到卑贱目的！但更忠诚
　　　　　　的命运之星主宰着普罗透斯的出生。[1]他的话
　　　　　　是契约，他的誓言是神谕，他的情爱诚挚，他的
　　　　　　思想纯净，他的眼泪是从心底派出的纯真使
　　　　　　者，他的心，与欺骗远如天地之隔。

露切塔　　　等您见到他，祈祷上天见证他如此！

朱莉娅　　　行了，你若爱我，就别冤枉他，对他的忠诚抱一
　　　　　　种糟糕看法[2]。凭着爱他，才受我爱，立刻陪我
　　　　　　去房间，留心一下，看为我这渴望的旅程，还需

---

①　原文为"But truer stars did govern Proteus' birth."。朱生豪译为："可是普洛丢斯有一颗生就的忠心。"梁实秋译为："普洛蒂阿斯是生来就有较忠实的禀赋。"旧时欧洲人认为，每个人落生均由一颗命运之星主宰。意即普罗透斯生来忠诚。

②　原文为"To bear a hard opinion of his truth."。朱生豪译为："请你不要怀疑他的忠心。"梁实秋译为："怀疑他的真诚。"

准备什么。我所有一切留你掌控,我的财物,我的土地,我的名誉。作为交换,只要你,打发我走。来,别答话,立刻着手! 拖延得我耐不住心烦。(同下。)

第三幕

第一场

米兰,公爵宫内一前厅

(米兰公爵、图里奥与普罗透斯上。)

公爵　　　　图里奥先生,请您回避一时,我们要谈些私事。(图里奥下。)——好了,告诉我,普罗透斯,您要跟我说什么?

普罗透斯　　仁慈的大人,我要透露的事,友情的律法命我隐藏①。但一想起您对我所施的厚恩，——虽说我与之不配，——本分刺得我一吐为快，否则，世间任何好东西休想引我开口。要知道，可敬的亲王②，我的朋友瓦伦丁先生，今夜要把您女儿拐走。我本人是计划的知情者之一。我知道您决定把女儿许给图里奥，而您温柔的女儿对他反感。若这样从您身边夺走她，对您这年纪的人，想必是大苦恼。因此，出于本分，我宁愿选择挫败朋友的预期计谋，不愿将其隐匿，把能压垮您的一堆愁苦，堆您头上，未及阻止，使您过早走向坟墓。

公爵　　普罗透斯，谢谢你的诚挚关心，作为回报，只要我活着，有事尽管开口。他们这恋情，我常看见，估计那时，他们认定我已熟睡。多次想过不准瓦伦丁先生同她交往，不准进宫；但又怕我的疑心猜错，从而卑劣地叫人丢脸——这种轻率我一向避免，——为能找见你刚透露的信息，我对他和颜悦色。你可能觉出我担忧此事，我知道稚嫩的年轻人易

---

　　① 原文为"The law of friendship bids me to conceal."。朱生豪译为："我本来不应该把这件事情告诉您。"梁实秋译为："正是朋友之道所要我隐秘的。"

　　② 亲王(prince)：中世纪时对欧洲众多城邦公国首脑(公爵)的尊称。

受诱惑,我每晚让她睡在塔楼顶层,钥匙拿
在自己手里,因此,没谁能带走她。

普罗透斯　要知道,高贵的大人,他们想出一个办法,如
何攀入她睡房窗口,他用一架绳梯接她下
去。这位年轻恋人现在去取绳梯,马上路经
此处;若您愿意,可在这儿截住他。只是,好
心的大人,要做得十分巧妙,以免他认准由
我透露。出于对您的爱,而非对朋友的恨,
让我成为这一企图的披露者。

公爵　　　以我的名誉起誓,决不让他获知,我从你这
儿得过什么启示。

普罗透斯　再会,大人。瓦伦丁先生来了。(下。)

(瓦伦丁上。)

公爵　　　瓦伦丁先生,这么匆忙,要去哪儿?

瓦伦丁　　回禀殿下,有位信差在等我,我要把写给朋
友的几封信,交他带走。

公爵　　　很重要的信?

瓦伦丁　　只在信里写明,我很健康,在您宫里很愉快。

公爵　　　好,那不算重要。和我待会儿,我想向你透
露点事,对我非同小可,务必保密。你不会
不知道,我想把女儿许配给我的朋友图里奥
先生。

瓦伦丁　　我很清楚，大人，确信这一婚配富足、荣耀。
　　　　　何况，这位绅士富有美德、慷慨、家产和才
　　　　　学，娶您美丽的女儿为妻，正相配。您不能
　　　　　说服她，去爱恋他吗？

公爵　　　不能，相信我。她任性、易怒、固执、傲慢，不
　　　　　乖顺，倔强，没孝心；既不把自己当我孩子，
　　　　　怕也没拿我当她父亲。不妨跟你说，她这股
　　　　　傲气，仔细一想，已挖走我对她的爱。本想
　　　　　我的余生能由她孩童般的孝心喂养，现在下
　　　　　决心续弦再娶，谁愿娶她，赶她去谁那儿。
　　　　　让她的美貌做陪嫁；因为她瞧不上我和我的
　　　　　财产。

瓦伦丁　　这件事，您要我做什么？

公爵　　　维罗纳①这儿有位女士，我很爱恋。但她挑
　　　　　剔、羞怯，对我这老男人的口才②，丝毫瞧不
　　　　　上。由此，想向你求教，——因我早忘记如
　　　　　何求爱，何况，时代风尚变了，——该如何并
　　　　　怎样表现，才能受她阳光明媚的眼神眷顾。

瓦伦丁　　若她不注重言语，用礼物去赢得她。
　　　　　　　哑言无声的珠宝常凭其沉默天性，

———————————

　　①维罗纳（Verona）：或为"米兰"之误；但亦有可能，这位米兰公爵意在与瓦伦丁
这位维罗纳小伙儿交流。
　　②意即我这老头子的情话。

比可爱的言辞更能打动女人心灵。①

公爵　　　但她对我送的一件礼物,很鄙夷。

瓦伦丁　　女人时常鄙夷自己最称心的东西。

再送她一件;永不要放弃她,

因为最初的鄙夷随后让爱更深切。

她若皱起眉头,并非生厌,

而要您心底生出更多爱意。

她若责骂,并非叫您离开,

因若孤零零,傻瓜也疯狂。

无论说什么,切莫生反感,

她说"你走开",并非叫你"离开!"

奉承、夸耀、赞美、颂扬她们的美德;

哪怕肤色黝黑,要说她们有天使面庞②。

要我说,若不能凭舌头赢得女人③,

仅有一条舌头的男人,不算男人。

公爵　　　但我说的这位小姐,家人已将她许配给一位
出身高贵的青年绅士,严防与外界交往,白

---

① 原文为"Dumb jewels often in their silent kind / More than quick words do move a woman's mind."。朱生豪译为:"无言的珠宝比之流利的演辞,往往更能打动女人的心肠。"梁实秋译为:"不声不响的无言的珠宝,/ 对女人的心常有比语言更大更快的功效。"

② 原文为"Though ne'er so black, say they have angels' faces."。朱生豪译为:"哪怕她生得又黑又丑;你不妨说她是天仙化人。"梁实秋译为:"说她们貌若天仙,虽然是丑得像鬼。"

③ 意即男人若不能靠说情话赢得女人芳心。

天没哪个男人能接近她。

瓦伦丁	那我夜里去找她。
公爵	对,但门上了锁,钥匙藏得安稳,夜里没谁能去见她。
瓦伦丁	能防住从窗口进入?
公爵	寝室很高,远离地面,建得十分倾斜,没谁能爬上去,不冒眼见的生命危险。
瓦伦丁	哎呀,那,一个梯子,用绳子精心做的,配一对锚钩,抛上去,只要利安德甘愿冒险,就能攀上另一个希罗的高塔。
公爵	好,你是位绅士,出身高贵,告诉我,去哪儿弄这种梯子?
瓦伦丁	您什么时候用? 先生,请,跟我说。
公爵	就今夜。因为爱神像个孩子,渴求什么,要立即弄到手。
瓦伦丁	七点前,我把这种梯子给您弄来。
公爵	但听我说,我要独自见她,怎么才能把梯子送到那儿?
瓦伦丁	它很轻,大人,能随身裹在任何一件长披风里。
公爵	穿件跟你同样的长披风?
瓦伦丁	对,高贵的大人。
公爵	那你的披风,让我看一眼,我要弄件长度一

样的。

瓦伦丁　哎呀，是件披风就合用，大人。

公爵　我该如何穿一件合用的披风？——恳求你，让我试穿你的披风。——（撩开瓦伦丁的披风，发现一信、一绳梯。）这儿有封信。写的什么？——"致西尔维娅"！这儿有一件我用得上的装备①！我要十分大胆立刻拆封。（读信。）

　　　　"我的思绪与我的西尔维娅每夜住在
　　　　　一起，
　　　　它们是我的奴仆，我放它们飞翔；
　　　　啊！愿它们的主人，一来一去同样轻快，
　　　　住在它们正无知无觉栖居的地方②！
　　　　我思绪的传令官住进让思绪安歇的纯
　　　　洁胸怀；
　　　　而我，它们的君王，催促它们去那里；
　　　　却要诅咒那好运，凭如此荣耀祝福
　　　　它们，
　　　　因为我自己，倒缺了仆人们的幸运。
　　　　我诅咒自己，因为它们由我派出，

————————

① 即绳梯。
② 指西尔维娅的胸怀。

却反而住在它们主人该住的居所。"①

这儿写的什么?"西尔维娅,今夜我要解救你。"果真如此。这儿还有备用绳梯。哼,法厄同②,——因为你是墨洛普斯之子,——难道你要驾驶天车,凭大胆的愚蠢烧毁尘间③?因星辰照耀你,难道你要用手抓繁星?滚,下贱的夜盗者!狂妄的恶棍!把谄媚的微笑赠给与你地位相当的女人,要知道,是我的耐心,而非你的功绩,使你获准离开。我给过你太多恩惠,这一项比所有恩惠更值得你感谢。但你若在我领地里逗留,比给你最快速离开我王宫的时间更长,以上天起誓,我的愤怒将远超曾给予我女儿或你本人的爱意。快走!我不要听你徒劳的辩解;但凡爱惜自身生命,快离开这里。(下。)

瓦伦丁　为何不死,却活受折磨?死,是放逐我自己;

---

①朱生豪将此处十行诗句译为:"相思夜夜飞,飞绕情人侧;/身无彩凤翼,无由见颜色。/灵犀虽可通,室迩人常遐,/空有梦魂驰,漫漫怨长夜!"

②法厄同(Phaeton):古希腊神话中太阳神赫利俄斯(Helios)与依索比亚(Ethiopia)国王墨洛普斯(Merops)之妻克吕墨涅(Clymene)所生的儿子。墨洛普斯为法厄同继父。相传,一日,法厄同恳求父亲允其驾驶太阳神战车,因战车失控,造成大地燃烧,被天神宙斯(Zeus)用雷霆劈死。法厄同即狂妄不自量之象征。

③原文为"Wilt thou aspire to guide the heavenly car, / And with thy daring folly burn the world?"。朱生豪译为:"好一副偷天换日的本领!"梁实秋译为:"你想驾着天车横冲直撞地烧毁世界吗?"

西尔维娅就是我自己。从她身边遭放逐，就是自己放逐自己。——一种致命的放放！若看不见西尔维娅，何来光明是光明？若西尔维娅不在身旁，何来快乐是快乐？除非去想她在身旁，以她完美的身影为食粮。除非夜间我在西尔维娅身旁，否则夜莺没有乐音。除非白天我望着西尔维娅，否则白天对我不是白天。她是我的精髓；若不靠她美丽的感应力①滋养、点亮、呵护，使我存活，我不再存在②。逃离他致命的判决③，并非逃避死亡。在这儿逗留，只能等死。可一旦逃离，等于逃离生命④。

（普罗透斯与朗斯上。）

普罗透斯　　跑，孩子，跑，快跑，把他找出来。

朗斯　　　　哦嗬，哦嗬⑤！

---

　　① 感应力（influence）：占星学术语，指由人的命运之星产生的感应力。此处朱生豪、梁实秋均未译。

　　② 原文为"I leave to be / If I be not by her fair influence / Fostered, illumined ,cherished ,kept alive."。朱生豪译为："我要是不能在她的呵护之下滋养我的生机，就要干枯而死。"梁实秋译为："我若没有她来育煦我，照耀我，鼓舞我，维持我活下去，我只有死。"

　　③ 指米兰公爵对瓦伦丁的流放判决。

　　④ 生命（life）：指西尔维娅。

　　⑤ 哦嗬（so-ho）：狩猎时的喊声。

普罗透斯	看到什么了？
朗斯	我们要找的那位，头上没一根头发不是一个瓦伦丁①。
普罗透斯	瓦伦丁！
瓦伦丁	不是。
普罗透斯	那是谁？他的幽灵？
瓦伦丁	也不是。
普罗透斯	那是什么？
瓦伦丁	空无。
朗斯	空无能开口？主人，要打他吗？
普罗透斯	打谁？
朗斯	空无。
普罗透斯	恶棍，忍住。
朗斯	哎呀，先生，我要打空无。求您啦——
普罗透斯	小子，我说，忍住。——瓦伦丁朋友，说句话。
瓦伦丁	我两只耳朵堵住了，听不进好消息，太多坏消息把它们占据。
普罗透斯	那在无言的沉默里，埋葬我的消息，因为它们难听、不悦耳、糟糕。

---

① 原文为"there's not a hair on's head but 'tis a Valentine."。"头发"(hair)与"野兔"(hare)谐音双关，由上注知，朗斯在此以狩猎中的野兔暗指瓦伦丁。此处"瓦伦丁"(Valentine)具双关意，既指瓦伦丁本人，亦代指真心情人。意即他每一根头发都表明他是瓦伦丁。

瓦伦丁	西尔维娅死了？
普罗透斯	没，瓦伦丁。
瓦伦丁	不再是瓦伦丁①，真的，因为神圣的西尔维娅！——她抛弃了我？
普罗透斯	没，瓦伦丁。
瓦伦丁	若西尔维娅抛弃，不再有瓦伦丁！——您什么消息？
朗斯	有一份公告，说您消失不见②。
普罗透斯	说你遭放逐。——啊，就这个消息！——要离开这儿，离开西尔维娅，离开我，你的朋友。
瓦伦丁	啊，这痛楚已把我喂饱，此刻再多吃一点，我会厌食生病。西尔维娅知道我遭了放逐？
普罗透斯	是的，是的。她为这一判决——如不撤销，势必生效——付出浪涛般感伤的珍珠，有人称之为泪水。她把那些珍珠献在父亲的粗暴脚下，伴着泪水，双膝跪地，低声下气，绞扭双手，双手白皙倒十分合适，好似刚因这

---

① 不再是瓦伦丁(No Valentine)：瓦伦丁在此苦涩地表达两层意涵：一是，他因西尔维娅遭放逐，从此配不上瓦伦丁(Valentine)这个名字；二是，他因西尔维娅遭放逐，他不再是西尔维娅的情人(valentine)。

② 消失不见(vanished)：朗斯本意要说"遭放逐"(banished)，却误说成消失不见"vanished"。

痛楚才变得苍白。^①但甭管跪下的双膝、举起的纯洁双手、伤心的叹息、深沉的呻吟，还是银色的泪流，都无法穿透她冷漠的父亲。瓦伦丁，一经抓获，非死不可。此外，她的求情激怒了他，当她为撤销判决成了你的请愿人时，他下令将她牢牢囚禁，凭许多无情的威胁，要把她永久关在那里。

瓦伦丁　　别说了，除非你下一句话，有什么邪恶之力落在我命上。倘能如此，求你在我耳朵里吐露它，算我无尽忧伤结尾的颂歌。

普罗透斯　对你无力救助之事，停止悲伤，要为你心痛之事，谋求救助。时间是一切好事的奶妈和养育者。若待在这儿，也见不到心上人，何况，在此逗留，会缩短性命。希望是一根情人的拐杖，挂着它上路，用它抗击绝望的思绪。哪怕离开这儿，还能写信来，写给我，我把它送达你心上人乳白色的胸怀。眼下时间满足不了详谈。来，我把你送出城门，分手前，与你详谈和你恋爱相关的一切事。就

---

①　原文为"With them, upon her knees, her humble self, / wringing her hands, whose whiteness so became them / As if but now they waxed pale for woe."。朱生豪译为："她跪下苦苦哀求，她那皎洁的纤手，好像因为悲哀而化为惨白，在她的胸前搓绞着。"梁实秋译为："同时她自己跪在他的面前；搓着她的手，两手煞白，好像是刚刚为了这苦恼的消息而变得苍白。"

	算不为自己,你既然深爱西尔维娅,也要考虑自身安危,跟我走吧。
瓦伦丁	(向朗斯。)恳请你,朗斯,见了我的侍童,叫他速去北门见我。
普罗透斯	去,小子,找到他。——走吧,瓦伦丁。
瓦伦丁	啊,我亲爱的西尔维娅! 不幸的瓦伦丁!(瓦伦丁与普罗透斯下。)
朗斯	我只是个傻瓜,你们瞧,却有脑子认定我的主人是那类坏种。若只在一件事上犯坏,倒也无妨。①没一个大活人知道我在恋爱,可我恋爱了,但一队马,从我这儿也拽不出那恋爱,还有我爱的是谁。可这是个女人,哪种女人,我无法告诉自己。那是个挤奶女工,却不是姑娘,因为她的孩子有教父教母②。也算姑娘,因为她是她主人的女仆,干家务挣工钱③。她比猎水鸟的西班牙猎犬本事更大,——对一个普通④基督徒,这本事不算小。(取出一张纸。)这是属性列表。

---

① 原文为"but that's all one, if he be but one knave."。朱生豪未译。梁实秋译为:
"如果他只是有一点点坏,那就没有关系。"意即假如他只在恋爱这件事上犯了坏。

② 以"有教父教母"指生过一个孩子。

③ 干家务挣工钱(serves for wages):暗指与主人有性关系。

④ 普通(bare):亦有赤裸(naked)、无毛(hairless)之意,暗讽基督徒常秃顶无发。

"'第一条'①，能取送东西。"哎呀，一匹马也不差。不，一匹马不能取，只能送，因此，她比一匹驽马②更棒。"下一条③，能挤牛奶。"你们瞧，对一位双手干净的姑娘，这是讨人喜欢的长处。

（斯比德上。）

斯比德　怎么，朗斯先生！老哥您④有什么消息？

朗斯　我主人的船？哎呀，在海上呐。

斯比德　嘿，您老毛病照旧，把字弄错。好吧，那纸上写了什么消息。

朗斯　您从未听过的最黑暗消息⑤。

斯比德　嘿，伙计，有多黑？

朗斯　嘿，像墨水一样黑。

斯比德　给我看一眼。

朗斯　该死的，笨脑壳，你不认字。

斯比德　瞎扯，我认得。

朗斯　我来考你。告诉我，谁生了你？

---

① "第一条"（Inprimis）：原文为拉丁文。
② 驽马（jade）：不中用的老马；另有荡妇之意。
③ "下一条"（Item）：原文为拉丁文。
④ 老哥您（your mastership）：仆人间的亲昵互称。下句，朗斯故意将"mastership"拆读成"主人的船"（master's ship）。
⑤ 意即最可怕的消息。

斯比德	以圣母马利亚起誓,我爷爷的儿子。
朗斯	啊,不识字的混子! 该说你奶奶的儿子。证明你不认字。
斯比德	行了,傻瓜,行了,拿纸上的字考我。
朗斯	给。(递纸。)愿圣尼古拉斯做你的守护神①。
斯比德	(读。)"第一条②,能挤牛奶。"
朗斯	对,她能。
斯比德	"下一条,能酿上好麦芽酒。"
朗斯	所以有这么一句俗语:"酿上好麦芽酒,赐福你的心。"
斯比德	"下一条,能做针线活。"
朗斯	这等于说"她能这样?"③
斯比德	"下一条,能编织。"
朗斯	一个女人能给一个男人织袜子,男人娶她时,还为嫁妆发愁? ④

---

① 原文为"And Saint Nicholas be thy speed!"。"圣尼古拉斯"被视为学者的守护神。"守护神"(speed, 即 protector)与"斯比德"(Speed)的名字同音双关。

② 此处"第一条"及下面斯比德所读的"下一条",原文均为拉丁文。

③ 朗斯故意将斯比德上句所读"做针线活"(sew)理解成"(男人为女人)播种"(sow seed),故而反问,意即她(女人)能播种?

④ 原文为"What need a man care for a stock with a wench, when she can knit him a stock."。此处在两个"stock"上玩语言游戏,前者意即"嫁妆"(dowry),后者意即"袜子"(stock),同时,"一个女人能给一个男人织袜子"的言外意涵是"一个女人能给她要嫁的男人生傻儿蠢女"。朱生豪译为:"有了这样一个女人,可不用担心袜子破了。"梁实秋译为:"一个男人娶个女人,管她父母是什么样的人,只消她能给他织袜子,不就行了吗?"

斯比德　　（读。）"第一条，能挤牛奶。"

朗斯　　　对，她能。

斯比德	"下一条,能洗会涮。"
朗斯	一个特别的长处,因为那就不用我来替她洗涮。
斯比德	"下一条,能纺线。"
朗斯	她何时能靠纺线为生,我就把世界放在纺轮上①。
斯比德	"下一条,有好些不可言说的长处。"
朗斯	那等于说"杂种的长处",因为不知道"长处们"的爹是谁,所以都没名字。
斯比德	"下面是短处。"
朗斯	短处紧跟长处。
斯比德	"下一条,因呼气有味儿,禁食时不可亲嘴儿。②"
朗斯	行,这毛病一顿早饭就能治愈。接着读。
斯比德	"下一条,有张好吃甜食的嘴。"③
朗斯	那刚好修补呼出的酸臭。
斯比德	"下一条,睡觉④时说话。"
朗斯	这没关系,说话时别睡觉。
斯比德	"下一条,说话慢。"

① 上句"纺线"(spin)一词有"性"(sex)涵,故朗斯这句亦含性暗示,意即只要她跟我有了性事,我的生活便逍遥自在。

② 意即她有口臭,空腹时不可亲吻。

③ 含性暗示,意即有张好色的嘴。

④ 睡觉(sleep):与"滑倒"(slip)谐音双关,意即在性事上犯错。

朗斯	啊,坏家伙,竟把这放入短处!说话慢是女人唯一长处。请你删了它,放进主要长处。
斯比德	"下一条,傲慢。"
朗斯	这也删掉。那是夏娃的祖传①,从她身上夺不走。
斯比德	"下一条,没牙。"
朗斯	这条也不在乎,因我爱吃面包皮②。
斯比德	"下一条,脾气暴③。"
朗斯	行。最好的是,没牙咬不了人。
斯比德	"下一条,时常品酒。"
朗斯	喝了好酒,该夸;她若不夸,我来夸,因为好东西该夸。
斯比德	"下一条,太放纵。"
朗斯	舌头无法放纵,那上面写着,她说话慢;钱袋也放纵不了,因为我守得严。嗯,若别的事放纵,我也没辙。④好,继续。
斯比德	"下一条,头发比脑子多,毛病比头发多,钱财比毛病多。"
朗斯	停一下。我要娶她。归我,还是不归我,这

① 夏娃的祖传(Eve's legacy):指夏娃在伊甸园里贪吃禁果。原文为"it was Eve's legacy."。朱生豪译为:"女人是天生骄傲的。"梁实秋译为:"这是夏娃的遗传。"

② 意即我牙口好,爱吃烤面包的硬皮。

③ 脾气暴(curst):与上句"面包皮"(crust)构成语言游戏。

④ 意即她若在性事上跟别人放纵,我也没办法。

最后一条,犹豫再三。那条再排练一遍①。

斯比德 　"下一条,头发比脑子多。"——

朗　斯 　头发比脑子多? ——没准儿,我证明一下。盐罐子盖儿,盖住盐②,所以,盖儿比盐多;因为大点的盖住小点的,脑子的头发比脑子多。下面还有?

斯比德 　"毛病比头发多。"——

朗　斯 　这个吓人! 啊,但愿删掉!

斯比德 　"钱财比毛病多。"

朗　斯 　哎呀,这一句让毛病们变得仁慈③。好,我要娶她。如能成婚配,无事不可能。——

斯比德 　下一步呢?

朗　斯 　嗯,下一步我告诉你,——你主人在北门等你。

斯比德 　等我!

朗　斯 　等你! 对,你算个啥? 比你有身份的人在等你。

斯比德 　非得去找他?

朗　斯 　必须跑着去,因为你耽误太久,走路怕不行。

斯比德 　干吗不早告诉我? 让你的情书遭瘟疫!(下。)

朗　斯 　看了我的信,他少不了挨鞭子。——一个没

---

① 即再重复一遍。

② 盐(salt):或与"脑子"(wit)和"好色"(lechery)双关。

③ 原文为"that word makes the faults gracious."。意即这句话让那些毛病可以被接受。朱生豪译为:"有这么一句,她的错处也变成好处了。"梁实秋为:"这一句使得那些短处也变成可以接受的了。"

礼貌的奴仆,要侵入别人的秘密。跟上他,
我乐得看他挨罚。(下。)

第二场

米兰,公爵宫中一室

(米兰公爵与图里奥上。)

公爵　　　图里奥先生,别担心她不爱您,瓦伦丁现已遭放逐,她见不到了。

图里奥　　从他遭放逐,她十二分瞧不起我,发誓拒绝与我交往,辱骂我,要得到她,没了指望。

公爵　　　这种脆弱的爱的印记,像冰上刻的图形,片刻加热,便化成水,形状消失。一点时间即可融化她冰冻的思绪,把一文不值的瓦伦丁忘掉。

(普罗透斯上。)

公爵　　　怎么样,普罗透斯先生! 您那位同乡,按照我的公告,走了?

普罗透斯　走了,高贵的大人。

公爵　　　他走了,我女儿很伤心?

普罗透斯	一点时间,大人,便能杀死那悲伤。
公爵	我这样认定,但图里奥不这样想。普罗透斯,你的好想法,我很赞同,——因你已显出一些长处,——让我更愿意和你商谈。
普罗透斯	若不能证明我对大人忠诚,别让我活着见到您。
公爵	你可知,我多想促成图里奥先生与我女儿配成婚?
普罗透斯	知道,大人。
公爵	还有,我想,你并不了解,她本人如何违抗我意愿。
普罗透斯	瓦伦丁在的时候,是这样,大人。
公爵	对,她总是这么固执。怎么才能让这丫头,忘掉瓦伦丁的爱,去爱图里奥先生?
普罗透斯	最好的办法是,用谎言、胆怯和出身卑贱,诋毁瓦伦丁。——女人对这三样,极为憎恨。
公爵	嗯,但她会想,这种话出于恨意。
普罗透斯	若由仇敌来说,是的。所以,非得出自她认定是他朋友的人之口,要说出细节。
公爵	那非得由您去诋毁。
普罗透斯	这,大人,我极不情愿。对一位绅士,这是卑劣的事,尤其向自己好朋友下手。
公爵	您的好话给不了他好处,反过来,您的诋毁

也休想伤他。所以，既然由您朋友①恳请，这
事无关好坏。

普罗透斯　大人，您占了上风。我若能去说，随便说点
贬损的话，她一定不想再爱他。但假使这能
根除她对瓦伦丁的爱，却未见得她能爱上图
里奥先生。

图里奥　所以，一旦您把她对他的情爱解开，那情爱
难免缠成一团，对谁都没好处，您得准备把
情爱缠在我身上，贬损瓦伦丁先生时，尽可
能夸赞我，这样就行。

公　爵　普罗透斯，这件事我敢托付您，因为我知道，
据瓦伦丁说，您成了爱神的坚定信徒，不能
很快背叛、变心。凭这一担保，您获准入内，
可与西尔维娅详谈。因为她沮丧、伤心、忧
郁，加之您那位朋友的缘故，见了您她会高
兴，您可凭借说服力塑造她，去恨年轻的瓦
伦丁，来爱我的朋友。

普罗透斯　尽我所能，促成此事。——不过您，图里奥
先生，不够热烈。您非得凭几首哀感的十四
行诗，里面以精构的韵律写满效忠誓言，才

---

① 您朋友（your friend）：公爵自比为普罗透斯的朋友。

能用粘鸟胶缠住她的情欲。①

公爵　　　对，诗的力量多由上天激发。

普罗透斯　比如在她美丽的圣坛上，献祭您的泪水、您的叹息、您的爱心。一直写到墨水枯干，您再用泪水浸润，造一些动情的诗行，能透出这种忠诚。因为俄耳甫斯②的琉特琴由诗人的神经③作弦，铿锵的弹奏④能软化钢铁和石头，让老虎驯服，叫巨大的利维坦⑤离弃深不可测的大海，去沙滩上跳舞。献完您深切伤情的哀歌，晚间领几位可爱的乐师，探访您小姐的窗口。伴着乐器，唱一首幽怨的悲曲。夜色死寂，正适合甜美倾诉这相思苦。这样能赢得她，否则休想。

公爵　　　这套指导透出，你久在情场。

图里奥　　你的劝告，我要今晚实行。因此，仁慈的普

---

① 原文为"You must lay lime to tangle her desires / By wailful sonnets, whose composed rhymes / Should be full-fraught with serviceable vows."。朱生豪译为："您该写几首缠绵凄恻的十四行诗，申说您是怎样愿意为她鞠躬尽瘁，才可以固结住她对您的好感。"梁实秋译为："您必须写一些忧伤的情诗，其中诗句须要充满了向她效忠的誓言，这样才能套取她的情爱。"

② 俄耳甫斯(Orpheus)：传说中古希腊诗人、音乐家，能弹奏出天乐般的琴声，令木石动情、风浪平息，使野兽着迷。

③ 神经(sinews)：亦可释为"肌腱"。

④ 铿锵的弹奏(golden touch)：朱生豪译为"点金术"，梁实秋译为"拨动"。

⑤ 利维坦(leviathans)：《圣经》中的海怪，亦被释为"鲸鱼"。

　　　　　　罗透斯,我的方向指示者,让我们立刻进城,
　　　　　　去选几位音乐拿手的绅士。我有一首十四
　　　　　　行诗,正好给你的好主意开个头。

公爵　　　　干吧,绅士们!

普罗透斯　　我们要服侍您吃晚饭,完后决定如何行动。

公爵　　　　现在就干。我会宽恕你们①!(同下。)

---

　　① 原文为"I will pardon you."。意即你们无须服侍我。朱生豪译为:"我不会见怪你们的。"梁实秋译为:"不必照顾我了。"

第四幕

第一场

米兰与维罗纳间一森林

(强盗数人上。)

强盗甲　　伙计们,都别动。我见有个旅行者。

强盗乙　　来十个,也不退缩,打倒他们。

(瓦伦丁与斯比德上。)

强盗甲　　站住,先生! 把随身东西丢下。否则,都给我
　　　　　坐下,我们动手抢。

斯比德　　(向瓦伦丁。)先生,咱们完蛋了。所有旅行者,最
　　　　　怕这些恶棍。

瓦伦丁　　我的朋友——

强盗甲　　别这样,先生。——我们是你的敌人。

强盗乙　　安静! 听他说。

强盗丙　　对,以我的胡子起誓,听他说。因为,这人长相
　　　　　好看。

瓦伦丁　　要知道,我没什么可损失的财物。我是遭厄运

强盗甲　　站住,先生!把随身东西丢下。否则,都给我坐下,我们动手抢。

挫败的人,财物就这身破衣服,你们若把它剥下夺去,等于拿走我全数财物。

强盗乙　您要去哪里?

瓦伦丁　去维罗纳。

强盗甲　从哪儿来?

瓦伦丁　从米兰。

强盗丙　住在那儿很久?

瓦伦丁　大约十六个月,若不遭歹运挫败,会待得更久。

强盗乙　怎么,您从那儿遭放逐?

瓦伦丁　是的。

强盗乙　什么罪名?

瓦伦丁　为一件事,眼下重提对我是折磨。我杀了个人①,杀了他,后悔极了。但我杀得有男子气概,在打斗中,没不正当先手优势或卑劣欺骗。

强盗甲　哎呀,如果这样,万不要后悔。但您,因这么个小罪过,遭了放逐?

瓦伦丁　是的,得这么个判决,我很高兴。

强盗乙　您能说外国话?

瓦伦丁　在这上头,年轻时的旅行让我幸运,否则,时常遭罪。

---

① 瓦伦丁为给强盗留下印象,编出杀人的谎言。

强盗丙	以罗宾汉那位胖修士①的秃头皮起誓,这家伙可以给咱野盗帮当首领!
强盗甲	咱们要收下他。——伙计们,合计一下。(强盗们私下商议。)
斯比德	主人,入伙吧。这是一种体面的强盗生活。
瓦伦丁	安静,小子!
强盗乙	告诉我们,您靠什么过活?
瓦伦丁	除了命运,别的没有。
强盗丙	要知道,我们有几个也是绅士,诸如不受控的青春怒火之类,把我们从受崇敬的同伴中排挤出来②。我本人,因密谋劫走一位小姐,从维罗纳遭放逐,那小姐是位继承人,公爵的近亲。
强盗乙	我从曼图亚③遭放逐,为了一位绅士,盛怒之下,我刺向他心脏。
强盗甲	我也因犯下这类轻罪。但回到正题,——因为列举这些罪过,可替我们的非法生活找借口。还因为,见英俊外表将您美化,据您自己说,是个语言学家,如此完美之人,正是我们这行奇

---

① 胖修士(fat friar):指传说中绿林英雄罗宾汉(Robin Hood)的告解神父塔克修道士(Friar Tuck),他头顶无发。

② 原文为"Such as the fury of ungoverned youth / Thrust from the company of awful men."。朱生豪译为:"因为少年气盛,胡作非为,被循规蹈矩的上流社会所摈斥。"梁实秋译为:"只因年轻放荡不羁,被排挤到奉公守法的人群之外。"

③ 曼图亚(Mantua):当时意大利北部一公国。

强盗乙 缺的。——

强盗乙 的确,您是遭放逐的人,所以,就因为这理由,我们来跟您商谈。您乐意当我们的首领吗?变不得已为有利[1],像我们一样,生活在这片荒野?

强盗丙 你意下如何?可愿入伙儿?说"是",当我们所有人的统领。我们要向你敬礼[2],听你管辖,敬爱你,当成我们的统帅和国王。

强盗甲 若鄙视我们这番好意,你死定了。

强盗乙 你休想活着夸耀我们如何提议。

瓦伦丁 我接受提议,和你们一起生活,条件是,不准对无辜女人或穷苦过路客犯下暴行。

强盗丙 不会。我们痛恨这种邪恶下贱之事。来,跟我们走。带你去见咱那一伙人,给你看我们弄来的所有财宝,这些,连同我们自己,一切由您掌控。(同下。)

---

[1] 原文为"To make a virtue of necessity."。此句朱生豪未译,梁实秋译为"实逼此处"。

[2] 意即我们要对你表示忠诚。

第二场

米兰,公爵宫中庭院

（普罗透斯上。）

普罗透斯　　我已对瓦伦丁不忠诚,眼下必须对图里奥失信义。在赞美他的借口下,我寻机促成自己的恋爱。但西尔维娅太贞洁、太诚实、太神圣,我那些没价值的礼物贿赂不了她。当我发誓对她真心忠诚,她拿我对朋友不忠嘲笑我;当我对她的美貌献上誓言,她叫我自己想,如何打破誓言,遗弃了爱恋的朱莉娅。尽管这一切尖刻的讥讽,哪怕最轻一句,也能杀死一个恋人的希望,可是,像小巴狗①一样,她越用脚踢我的爱,我爱得越厉害,对她不停摇尾讨好。图里奥来了。现在,我们要去她窗口下,往她耳朵里送几首夜曲。

---

① 小巴狗(spaniel):一种长毛垂耳短尾矮足的小犬。

（图里奥与几位乐师上。）

图里奥　　　怎么，普罗透斯先生！您在我们前面爬行？

普罗透斯　　对，仁慈的图里奥，因为您知道，在爱情走不通的地方，要谦恭爬行。

图里奥　　　嗯，可我希望，您别在这儿谈情说爱①。

普罗透斯　　我就在这儿谈，先生，否则，抽身便走。

图里奥　　　跟谁？西尔维娅？

普罗透斯　　对，西尔维娅，——为了您。

图里奥　　　我感谢您，为了自己，把话说明白。②——现在，先生们，奏乐，欢快些。（朱莉娅住宿米兰的旅店主，与身着侍童男装的朱莉娅上；一旁交谈。）

旅店主　　　喂，我年轻的客人，——见您有几分忧郁。请问，为什么？

朱莉娅　　　以圣母马利亚起誓，我的店主，因为高兴不起来。

旅店主　　　来，我们让您开心。带您去个能听音乐的地方，还能见到您要找的那位绅士。

朱莉娅　　　那能听见他说话吗？

旅店主　　　是的，您能。

朱莉娅　　　那就是音乐。（乐声。）

---

①　意即不准你爱西尔维娅。
②　意即多亏你出于自身安全的考虑，把替我谈恋爱的意思说清楚了，否则，我对你不客气。

旅店主	听！听！
朱莉娅	这些人里，有他？
旅店主	对。安静！听他们唱。(乐师唱。)

歌①

西尔维娅是谁？是什么样人，

何以恋人们，都赞美她？

她神圣、美丽又聪颖，

上天把如此美德赐予她，

好让世人对她感到惊奇②。

她的善心一如她的美丽——

因美丽与善良共存？

爱神快去探访她的双眼，

帮自己把失明治愈；

一经救助，便住在那里③。

让我们为西尔维娅歌唱，

---

① 按"新剑桥版"注释，这首歌本打算由扮演普罗透斯的演员演唱，剧场演出时，常由乐师们伴着普罗透斯一起唱，图里奥有时加入，抑或有时由职业歌手加入。在后世将其改编成的小夜曲中，以奥地利作曲家弗兰兹·舒伯特(1797—1828)的音乐版本最为著名。

② 两行原文为"The heaven such grace did lend her, / That she might admired be."。朱生豪译为："天赋诸美萃一身，/ 俾令举世诵其名。"梁实秋译为："上天把这些优点送给她，/ 好让她受人崇敬。"

③ 三行原文为"Love doth to her eyes repair, / To help him of his blindness, / And, being helped ,inhabits there."。朱生豪译为："盈盈妙目启瞽蒙，/ 创平痍复相思廖，/ 存心永驻眼梢头。"梁实秋译为："爱神跑到她的眼边去，/ 去医疗他的一双瞎眼睛；/ 医好之后就居住在那里。"

　　　　　　西尔维娅那样非凡；

　　　　　　她胜过在这愚蠢的尘间

　　　　　　栖身的每一个生灵①：

　　　　　　让我们给她，戴上花环。

旅店主　　怎么？您比刚才更悲伤？小伙子②，还好吗？
　　　　　这音乐，叫您开心？

朱莉娅　　您误会了，乐师叫我不开心。

旅店主　　为什么，我的漂亮小伙儿？

朱莉娅　　他弹错了，老人家。

旅店主　　怎么？琴弦走调了？

朱莉娅　　不是。但他错得离谱，让我的心弦伤悲。

旅店主　　您耳朵灵敏。

朱莉娅　　唉，但愿我是聋子。它让我心情沉重。

旅店主　　我发觉，您不喜欢音乐。

朱莉娅　　一点也不，——如果这么刺耳。

旅店主　　听！曲子的变调多美！

朱莉娅　　对，变得令人恼火。

旅店主　　您希望他们总是只奏一个调子？

―――――――――――

　　① 原文为"She excels each mortal thing / Upon the dull earth dwelling."。朱生豪译为："尘世萧条苦寂寞，/唯伊灿耀如星辰。"梁实秋译为："她不和任何人一样，/压倒一些尘世的人。"

　　② 小伙子(man)：朱莉娅女扮男装，故旅店主如此称呼。

朱莉娅　　　　我希望一个人总是只奏一个调子。①不过，
　　　　　　　店主，这位普罗透斯先生常来这位有教养的
　　　　　　　小姐家造访？

旅店主　　　　我听他仆人朗斯说，——他爱她爱得无法
　　　　　　　计算。

朱莉娅　　　　朗斯在哪儿？

旅店主　　　　找狗去了。明天，照主人吩咐，他得把狗当
　　　　　　　礼物送给这位小姐。

朱莉娅　　　　安静！站到一边。这伙人散了。(与旅店主退一旁。)

普罗透斯　　　图里奥先生，别担心。我要好好说情，好到
　　　　　　　让您说我的妙计棒极了。

图里奥　　　　咱们在哪儿碰头？

普罗透斯　　　在圣格里高利水井②边。

图里奥　　　　再会。(图里奥与众乐师下。)

(西尔维娅自窗口出现。)

普罗透斯　　　小姐，祝您晚安。

西尔维娅　　　谢谢你们的音乐，先生们。说话的那位
　　　　　　　是谁？

---

①　原文为"I would always have one play but one thing."。此处，"奏"(play)含性暗示，"调子"(thing)与"女阴"(vagina)双关，"奏一个调子"暗指只与一人搞性事，朱莉娅意即我希望普罗透斯只跟我一个人做爱。

②　圣格里高利水井(St Gregory's well)：在米兰附近。

普罗透斯　　　这位,小姐,您若懂他一片真纯之心,凭嗓音,很快能听出是谁。

西尔维娅　　　普罗透斯先生,照我看。

普罗透斯　　　普罗透斯先生,小姐,您的仆人。

西尔维娅　　　您有何打算?

普罗透斯　　　愿能满足您的意愿。

西尔维娅　　　您的意愿能满足。我的意愿就一个——您立刻赶快回家睡觉。你这狡猾、发假誓、虚伪、不忠之人! 你用誓言骗了多少人,你真以为,我如此浅薄、如此没脑子,会受你的恭维话诱惑? 回去,回去,向你的恋人①忏悔。至于我,——以这苍白的黑夜女王②起誓,——你的请求,我绝不答应,并因你错误的求爱,鄙视你,我打算立刻责骂自己,不该消耗这时间跟你交谈。

普罗透斯　　　我承认,亲爱的心上人,我爱过一位女士,但她死了。

朱莉娅　　　　(旁白。)即便由我来说,这也是假话。因我确定,她还没下葬。

西尔维娅　　　假定她死了,可你的朋友瓦伦丁活着。我和

————————

①指朱莉娅。

②这苍白的黑夜女王(this pale queen of night):古罗马神话中的月亮女神、贞洁女神狄安娜(Diana)。

他,你就是见证人,订了婚。你这样一味强
求,伤害朋友,不觉羞愧吗?

普罗透斯 　我听说瓦伦丁也死了。

西尔维娅 　如果这样,假定我也死了。因为我的情爱,
你可以安心,埋在了他的坟墓里。

普罗透斯 　亲爱的小姐,让我把它从土里耙出来。

西尔维娅 　去你的小姐的坟茔,从那里召唤她的爱情;
或至少,把你的与她的爱情同葬。

朱莉娅 　(*旁白*。)这话他听不入耳。

普罗透斯 　小姐,您的心若这样固执,那为了我的爱,把
您挂在卧室里您本人那张画像,赐予我。我
要对着那画像诉说,对着它,叹息、哭泣。因
为,既然您完美的实体本身另有所忠,我只
是个影子,只好向您的身影①献出真爱。

朱莉娅 　(*旁白*。)假如那是个真身,您照样会骗它,把
它变成一个影子,像我这样。

西尔维娅 　做您的偶像,我极不情愿,先生。不过,既然
您的虚伪,很适合去崇拜影子,敬慕虚假外
形,明早派人来,我把它打发掉。就这样,好
好休息。

---

① 此处在玩语言游戏,普罗透斯先拿"影子"(shadow)自喻,后以"身影"(shadow)代指西尔维娅的画像。

普罗透斯　　如同整宿不睡的苦命人，等候天明处决那样。(普罗透斯与西尔维娅分下。)

朱莉娅　　　店主，走吗？

旅店主　　　以神圣的名义起誓，我睡得挺熟。

朱莉娅　　　请问，普罗透斯住在哪儿？

旅店主　　　以圣母马利亚起誓，住我店里。相信我，我看天要亮了。

朱莉娅　　　还没。但我熬了整宿，这是我最漫长、最伤心的一夜。(同下。)

第三场

同上

（埃格拉慕①上。）

埃格拉慕　　西尔维娅小姐请我这个时间来招呼她，了解
　　　　　　她的想法。有件重要的事，她要我去办。——
　　　　　　小姐，小姐！

（西尔维娅自上方窗口出现。）

西尔维娅　　谁叫我？

埃格拉慕　　您的仆人、朋友，静候您吩咐之人。

西尔维娅　　埃格拉慕先生，道一千个早安。

埃格拉慕　　可敬的小姐，向您道同样多的早安。按您的
　　　　　　指令，我一大早就来，要得知，您乐意我为您
　　　　　　效什么劳。

西尔维娅　　啊，埃格拉慕，你是位绅士，——别以为我在

---

① 埃格拉慕（Eglamour）：法语中"amour"为"爱情"之意，暗指恋人。

奉承，因为我发誓，我没奉承，——勇敢、睿智、悲悯、很有学养。你不是不知道，我对遭放逐的瓦伦丁怀有怎样的深情厚爱，再有，我父亲如何逼我嫁给愚蠢的图里奥，我的灵魂痛恨此人。你自己也爱过，我曾听你说，从没有任何悲痛，像你真心所爱的夫人去世时那样，来如此贴近内心①，你在她坟前立誓要十二分忠贞②。埃格拉慕先生，我要去找瓦伦丁，去曼图亚，听说他住在那儿。因路途危险难行，出于对你忠诚与名誉之信赖，希望有你可贵的陪伴。别用我父亲发怒来规劝，埃格拉慕，但想一下我的悲苦，——一个小姐的悲苦，——想一下我逃离这里很合理，我能免遭这一场最邪恶的，上天和命运总以瘟疫来回报的婚配③。我真希望你，哪怕来自一颗像大海充满沙粒那样满是悲

---

① 原文为"No grief did ever come so near your heart as when your lady and your true love died."。朱生豪译为："没一种悲哀比之你真心的爱人死去那时候更使你心碎了。"梁实秋译为："你平生最大的悲痛无过于你的爱人之死。"

② 意即终身不娶。

③ 原文为"Which heaven and fortune still rewards with plagues."。朱生豪译为："它将会招致不幸的后果。"梁实秋译为："天地不容永降灾祸的婚姻。"

伤的心①,和我做伴,与我同行。否则,把我
对你说的话藏起来,好让我冒险独自动身。

埃格拉慕　小姐,对您的痛苦,我十分同情。为此,既然
我知道它们有善良的归所②,我答应与您同
行。我不在意何种命运降临自身,只希望一
切好运降临您。您何时启程?

西尔维娅　今晚。

埃格拉慕　在哪儿与您碰面?

西尔维娅　帕特里克修士的修道室,我要在那里做神圣
的忏悔。

埃格拉慕　不会令小姐您失望。再见,高贵的小姐。

西尔维娅　再见,仁慈的埃格拉慕先生。(分头下。)

---

① 原文为"even from a heart / As full of sorrows as the sea of sands."。朱生豪译为:"我从我自己充满了像海洋中沙砾那么多的忧伤的心底向你请求。"梁实秋译为:"我的心充满了愁苦就像大海充满了沙粒一般。"

② 原文为"since I know they virtuously are placed."。朱生豪译为:"我知道您的用心是纯洁的。"梁实秋译为:"我知道您问心无愧。"

第四场

同上

[朗斯带狗(克莱伯)上。]

朗斯　　当一个人的仆人跟他像狗一样耍赖,您瞧吧,那够受的。——这条狗我从小喂大,我从水里把它救出时,它三四个瞎眼的①兄弟姐妹都淹死了。我训练过它,正像有人说的那样:"我要这样训练一条狗。"我的主人派我把它当件礼物送给西尔维娅小姐,我刚进餐厅,它就走过去,从她木盘里偷走一只腌鸡腿。啊! 一条杂狗当着众人面,管不住自己,这是件糟糕事。我愿有条狗,像人们说的,把它当成真正的狗,有狗样子,可以说,精于一切狗事。②若非我比它更有脑子,把它的错

---

① 瞎眼的(blind):指刚生下尚未睁眼的狗崽儿。

② 原文为"I would have, as one should say, one that takes upon him to be a dog indeed, to be, as it were, a dog at all things."。朱生豪未译。梁实秋译为:"我愿有一条能努力维持狗的体面的狗,无论做什么事都能像一条狗。"

算在我身上，我真觉得，它早被吊死了。我极为
肯定，它为此遭了罪，你们来评判。公爵桌子底
下有三四只绅士模样的狗，它一头扎进去。刚进
去，——请别怪我说粗话，——撒泡尿的工夫，满
屋都能闻见它。一个说："把狗赶出去！"另一个
说："这是哪种狗？"第三个说："用鞭子抽出去。"
公爵说："把它吊起来。"我，之前闻惯了这味道，
知道这是克莱伯干的，便走向鞭打狗的那家伙，
说："朋友，您要鞭打这狗？""对，以圣母马利亚起
誓，要打。"他说。"您错怪它了，"我说，"您所知的
这个事，是我干的。"他不由分说，用鞭子把我打
出屋子。有多少主人肯为仆人做这样的事？不，
我可以发誓，我为它偷人家香肠坐过足枷①，否
则，人家弄死它；还为它咬死人家的鹅站过颈手
枷②，不然，人家要它遭罪。——（向克莱伯。）这会
儿你想不起来了。不，我跟西尔维娅小姐话别
时，您耍的把戏，我可记得。难道我没叫你随时
关注我，照我做的去做？你何时见我抬腿，对一
位贵妇人的裙撑撒尿？莫非你见我玩过这招儿？

---

① 足枷（stocks）：古时刑具，主要用来惩戒破坏社会治安者，套足枷坐在地上示众，故称"坐足枷"（sat in the stocks）。

② 颈手枷（pillory）：古时刑具，主要用来惩戒破坏社会治安者，将手连同脖颈套入木架，站立示众，故称"站颈手枷"（stood on the pillory）。

朗斯　　这会儿你想不起来了。不,我跟西尔维娅小姐话别
　　　　时,您要的把戏,我可记得。

[普罗透斯与女扮男装的朱莉娅(扮成塞巴斯蒂安)上。]

普罗透斯　(向朱莉娅。)你名叫塞巴斯蒂安？我很喜欢你，要马上雇你效点儿劳①。

朱莉娅　随您吩咐，我会尽所能。

普罗透斯　希望你会。——(向朗斯。)怎么，您这婊子养的乡巴佬！这两天在哪儿游荡？

朗斯　以圣母马利亚起誓，先生，把您叫我送的那条狗，送去给西尔维娅小姐。

普罗透斯　她对我的小宝物说了什么？

朗斯　以圣母马利亚起誓，她说您的狗是条杂狗，还告诉您，对这样一件礼物，一声咆哮的感谢②足矣。

普罗透斯　我的狗，她收下了？

朗斯　没，真的，没收。这不，我又带了回来。

普罗透斯　(手指克莱伯。)什么！替我把这条狗给了她？

朗斯　是的，先生。那只小松鼠③被市场上该吊死的坏小子偷了去，我只好把自己的狗送给她，它比您那条大十倍，因此送礼更大气。

普罗透斯　去，快把狗给我找回来，否则，再不要回来见

① 雇你效点儿劳(employ thee in some service)：含双关意，暗指"性效劳"。
② 咆哮的感谢(currish thanks)："咆哮的"(currish)一词有"野狗似的"之意，暗示西尔维娅以像狗一样易怒的感谢回敬普罗透斯。
③ 小松鼠(squirrel)：比喻小狗。

我。快去，我说！待在这儿，故意招我烦？(朗斯带狗下。)这个不停叫我丢脸的坏蛋！——塞巴斯蒂安，我雇用你，部分归于我需要这样的青年，为我做事能多些谨慎，——因为那个笨瓜丝毫不牢靠；但主要因为你的相貌、举止，我的占卜若没出错①，即可证明你教养好、有家产、为人诚实。所以，要知道，为这个，我雇用你。(递一戒指。)拿上这枚戒指，立刻去，交给西尔维娅小姐。这是很爱我的一位小姐，送我的。

朱莉娅　　　您好像不爱她，要丢弃她的信物。要不，她死了？

普罗透斯　　没死。我想，她活着。

朱莉娅　　　啊呀！

普罗透斯　　你为何喊出"啊呀"？

朱莉娅　　　我别无选择，只能同情她。

普罗透斯　　为何要同情她？

朱莉娅　　　因为我想，她爱您，如同您爱您的西尔维娅小姐一般。她向往他，他却忘掉她的爱；您疼爱她，她却不稀罕您的爱。真可惜，爱情

---

① 原文为"if my augury deceive me not."。朱生豪未译。梁实秋译为："如果我判断不错。"

	如此对立。想到这，不由喊出一声，"哎呀！"
普罗透斯	好，给她这枚戒指，连同(递一信。)这封信。—— 那是她寝室。——告诉我的心上人，为她神圣的画像，我认领承诺。捎完口信，速回，到我房间来，你会发现我，悲伤、孤独。(下。)
朱莉娅	有多少女人愿捎这种口信？哎呀，可怜的普罗透斯！你雇用了一只狐狸，放牧你的羔羊。——哎呀，可怜的傻瓜①！他从心底瞧不上我，我为何怜悯他？他因爱她，瞧不上我；我因爱他，必须怜悯他。这枚戒指，离别之时我送给他，为让他记住我的好意，眼下我却——当了不幸的信使，——去恳求我不愿得到之物②，去送上我希望遭拒之物，去赞美我本想贬低的忠诚。我是我主人真心确立的恋人，却不能成为我主人真正的仆人，除非我证明对自己虚伪奸诈。不过，我要替他求爱，但要十分冷淡，因为，上天知晓，我不希望他成功。

(西尔维娅上，女仆厄休拉随侍。)

朱莉娅	有教养的小姐，日安！请您，行个方便，带我

---

① 可怜的傻瓜(poor fool)：朱莉娅以傻瓜自喻。
② 朱莉娅不希望西尔维娅答应普罗透斯的求爱。

朱莉娅　　有教养的小姐,日安!

去跟西尔维娅小姐说句话。

西尔维娅　　假如我是她,您找她何事?

朱莉娅　　　假如您是她,请您耐心听,我替人捎来口信。

西尔维娅　　替谁?

朱莉娅　　　替我的主人,普罗透斯先生,小姐。

西尔维娅　　啊!——派您来取一幅画像?

朱莉娅　　　是的,小姐。

西尔维娅　　厄休拉,把我的画像拿来。(厄休拉取来画像。)——去,把这个给您主人,照我原话,跟他说,他因变心忘掉的一位朱莉娅,比这个影子,更适于他的寝室。

朱　莉　娅　(递上一信。)小姐,请您细读这封信。——宽恕我,小姐。一时疏忽,给了这封不该给您的信。(取回原信,递上另一封。)这封是给您的。

西尔维娅　　请你,让我看看那一封。

朱莉娅　　　可能不行。仁慈的小姐,宽恕我。

西尔维娅　　那,拿去!① (退回另一信,朱莉娅拒收。)——我不要看您主人的信。我知道里面塞满爱的表白,充满新发明的誓言。他会轻易打破这些誓言,(撕信。)像我撕碎这封信一样。

---

① 那,拿去!(There, hold!):朱莉娅不让西尔维娅看头一封信,西尔维娅因此欲将第二封信退回不看。按"皇莎版"释义,此处为:"那,等一下!"

朱莉娅　　　　(递上戒指。)小姐,他送您这枚戒指。

西尔维娅　　　送这个给我,他更丢脸。因我听他说过一千遍,与他分别时,他的朱莉娅把这个给了他。尽管他虚伪的手指亵渎了这枚戒指,我的手指却不能让他的朱莉娅如此蒙羞。

朱莉娅　　　　她感谢您。

西尔维娅　　　你说什么?

朱莉娅　　　　我谢谢您,小姐,您关心她。可怜的有教养的小姐! 我的主人伤她太深。

西尔维娅　　　你认识她?

朱莉娅　　　　像认识我自己一样。想起她的痛苦,我敢起誓,哭过好几百回。

西尔维娅　　　可能她会想,普罗透斯抛弃了她?

朱莉娅　　　　我会的,那是她悲痛的原因。

西尔维娅　　　长得格外美?

朱莉娅　　　　以前,小姐,比现在更美。那时,她认为我的主人很爱她,照我看,她像您一样美。但自从她冷落梳妆镜,把遮阳面罩①丢弃,空气饿死了她双颊上的玫瑰,使百合般白皙的面色

----

① 遮阳面罩(sun-explelling mask):伊丽莎白时代,肤色以白为美,女性在热天出门,常以面罩遮阳。

枯萎,此时变得像我一样黑①。

西尔维娅　她个子多高?

朱莉娅　　和我身量差不多。因为,圣灵降临节②时,要
表演各种欢快节目,我们村的小伙子让我饰
演女人的角色,我穿上朱莉娅小姐的裙服。
它十分合身,在所有人看来,这件裙服早给
我做好了。所以我知道,她个头跟我差不
多。因我演了个悲情角色,当时她看得真诚
落泪。小姐,我演阿里阿德涅,因提修斯发
假誓和不讲情义的逃离,悲愤不已。③我流
着泪,演得活灵活现,我可怜的女主人④,深
受触动,辛酸落泪。我若没在心底感受到她
的悲痛,宁愿死去!

西尔维娅　她该感谢你,好心的青年。——哎呀,可怜
的女子,孤寂,遭遗弃!想起你的话,我不由
得哭泣。(给钱。)给,小伙子,这是我的钱袋。
为了你可爱的小姐,我给你这个,因为你真

---

①此时,乔装成少年塞巴斯蒂安的朱莉娅把面色涂深。参见《旧约·雅歌》1:6:
"不要因为我的肤色轻视我,/是太阳把我晒黑了。"

②圣灵降临节(Pentecost):传统基督教节日之一,为复活节后第七个星期天。
原为犹太人的"五旬节"。

③此处化用古希腊神话中阿里阿德涅(Ariadne)与提修斯(Theseus)的故事:克
里特国王弥诺斯(Minos)之女阿里阿德涅,爱上雅典英雄提修斯,帮他杀死迷宫中的
人身牛头怪弥诺陶(Minotaur)。提修斯将阿里阿德涅带走,后背弃誓言,将其抛弃。

④我可怜的女主人(my mistress):朱莉娅指自己。

心爱她。再会。

朱莉娅　来日您若与她相识,她要为此感谢您。(西尔维娅与厄休拉下。)——一位贤德有教养的女士,温柔、美丽。既然她那么珍视我女主人的爱①,希望我主人的求爱一无所获。唉,爱情真能捉弄自己!这是她的画像,(看画像。)让我看看。我想,我若有这种头饰,我这张脸跟她这张脸同样可爱。只是,若非我过于讨好自己②,便是画师有点讨好她。③她的头发是赤褐色,我的是完美的黄色④。若在他的爱里,这是全部区别,我要弄这样一头染色假发。她双眼淡蓝,像玻璃色⑤,我也是。是的,她额头不高,但我的不比她低。⑥这愚蠢的爱神若不是个瞎眼天神,他能在她身上看到什么值得看重、我自

---

① 我女主人(my mistress):指朱莉娅。此处为朱莉娅以乔装的塞巴斯蒂安的身份自说自话。

② 讨好自己(flatter with myself):两层意涵:一是,用自夸美丽讨好自己,二是,用欺骗性的希望讨好自己。

③ 意即如果不是我过于自夸长得美,便是那位画师为讨好她,多少把她画美了。

④ 完美的黄色(perfect yellow):金黄色。伊丽莎白女王本人天生一头金黄色的秀发,故将金黄色称为"完美的黄色",是时髦发色。

⑤ 伊丽莎白时代,玻璃的颜色常为淡蓝色。

⑥ 旧时,额头高受人赞美。

身却没有的东西？①来，影子，来，拿上这幅影子②，因为这是你的情敌。(拿起画像。)——啊，你这无知觉的画像！你将接受崇拜、亲吻、敬爱与仰慕。他的偶像崇拜若有几分合理，那该用我的实体替代你的神像。你的主人待你如此亲切，为此，我要善待你。否则，以周甫③起誓，我早挖出您有眼无珠的双眼，让我的主人爱不了你。(下。)

---

① 原文为"What should it be that he respects in her / But I can make respective in myself, / If this fond Love were not a blinded god？"。朱生豪译为："爱神若不是盲目的，那么我有哪一点及不上她？"梁实秋译为："如果痴心的爱情不是一个瞎眼的神，他在她身上可发现了什么我所没有的优点了呢？"

② 这幅影子(this shadow)：西尔维娅的画像。此处拿"影子"在玩语言游戏，意即来，朱莉娅，你这女扮男装的影子，拿上画着西尔维娅身影的这幅画像。

③ 周甫(Jove)：古罗马神话中的众神之王朱庇特(Jupiter)。

第五幕

第一场

米兰,一修道院

(埃格拉慕上。)

埃格拉慕　太阳开始给西边的天空镀金,现在到了约定时间,西尔维娅该在帕特里克修士的修道室,与我碰面。她不会不来。因为恋人们不会不守时,除非行动迅速,反而到得更早。看,她来了。——

（西尔维娅戴面具上。）

埃格拉慕　　小姐，晚上愉快！

西尔维娅　　阿门，阿门！往前走，好心的埃格拉慕，从修
　　　　　　道院墙边的旁门出去。我怕有密探尾随。

埃格拉慕　　别怕。这里离森林不到三里格①。等到了
　　　　　　那儿，我们就安全了。(同下。)

---

　　① 里格(league)：计量单位，一里格约为3英里(1英里约等于1.6千米)。

第二场

米兰,公爵宫中一室内

[图里奥、普罗透斯与朱莉娅(扮成塞巴斯蒂安)上。]

图里奥　　普罗透斯先生,对我的求婚,西尔维娅怎么说?

普罗透斯　啊,先生,我发现她比以前温和了。但她对您的身材有些挑剔。

图里奥　　怎么!嫌我腿太长?

普罗透斯　不,嫌太瘦。

图里奥　　我要穿马靴,多少显得丰满些。

朱莉娅　　(旁白。)但不能刺得爱情做不情愿的事。

图里奥　　对我这张脸,她怎么说?

普罗透斯　说那是一张苍白的脸。

图里奥　　不,这淘气丫头瞎说,我脸色发黑。

普罗透斯　但珍珠白净。老话说:"黑汉子在美妇人眼里是珍珠。"①

---

①意即美人不嫌汉子黑!

朱莉娅　　（旁白。）没说错，这种珍珠①刿掉女人双眼②。
　　　　　我宁可闭上眼，也不愿看它们。

图里奥　　我的谈吐，她喜欢吗？

普罗透斯　一谈战争，就不喜欢。③

图里奥　　那谈起爱情与和平时，喜欢？

朱莉娅　　（旁白。）当您保持安静④时，真就更好。

图里奥　　我的勇气，她怎么看？

普罗透斯　啊，先生，对这个没怀疑。

朱莉娅　　（旁白。）一了解您胆怯，就不用怀疑。

图里奥　　觉得我出身如何？

普罗透斯　说您遗传不赖。

朱莉娅　　（旁白。）确实，从绅士传到傻瓜。

图里奥　　她考虑到了我的家产？

普罗透斯　啊，是的，十分关切⑤。

图里奥　　为什么？

朱莉娅　　（旁白。）因为这等蠢驴居然拥有家产。

---

　　① 珍珠（pearls）：与"白内障"（pearl, 即cataracts）具双关意。意即这种白内障把女人双眼变瞎。

　　② 双眼（eyes）：因"珍珠"另有梅毒溃疡之意，"双眼"在此具性暗示，暗指双眼和女阴均染上性病。

　　③ 此处或有两层意涵：一是，她不喜欢您谈论打仗；二是，您对打仗的看法让她觉得您不该追求她。

　　④ 此处上下句在拿"和平"（peace）与"安静"（peace）玩语言游戏。图里奥上句说"爱情与和平"（love and peace），朱莉娅此处旁白接话"保持安静"（hold the peace）。

　　⑤ 关切（pities）：另有"轻蔑""瞧不上"之意。意即她对他的财产十分鄙夷。

普罗透斯　　家产都租了出去。①

朱 莉 娅　　公爵来了。

（米兰公爵上。）

公　爵　　怎么,普罗透斯先生! 怎么,图里奥! 最近你们谁见过埃格拉慕?

图里奥　　我没见。

普罗透斯　　我没见。

公　爵　　见过我女儿吗?

普罗透斯　　也没见。

公　爵　　哎呀,那,她逃向那个下贱无赖瓦伦丁,埃格拉慕陪着。真的,因为劳伦斯修道士遇见他俩,当时,他在林中漫步,苦行赎罪②。他对她很熟,推测那个人是她,但,戴着面具,确定不了。还有,她原打算今晚在帕特里克的修道室忏悔,那儿也没她。这些旁证确认她逃离此处。因此,请你们,别待在这儿闲聊,立刻上马,在山脚下的高坡处与我碰面,那条路通往曼图亚,他们从那儿逃的。赶快,

---

① 原文为"That they are out by lease."。此处可有两种解释:一是,"家产"(possessions)具双关意,指"心智",意即图里奥的脑子都租了出去;二是,"租了出去"意即那些家产都不归他管。

② 苦行赎罪(in penance):中世纪天主教不同教派的修道士有多种苦行赎罪方式,其中之一为独行林间,度过一段孤寂时光。

仁慈的绅士们，随我来。(下。)

图里奥　　　唉，这是个任性的倔女孩儿，好运①尾随，偏要逃离好运。我要跟上，出于向埃格拉慕复仇，并非为了要爱不计后果的西尔维娅。(下。)

普罗透斯　　我要尾随，出于对西尔维娅的爱，并非对与她同行的埃格拉慕的恨。(下。)

朱莉娅　　　我要尾随，出于挫败那爱情，并非要恨为爱而逃离的西尔维娅。(下。)

---

① 好运(fortune)：图里奥把自己向西尔维娅求婚视为西尔维娅的"好运"。

第三场

曼图亚边境,森林

(强盗数人与西尔维娅上。)

强盗甲　　　来,来,要忍耐。我们必须带您去见首领。

西尔维娅　　比这更大的不幸,遇见过一千次,教会我如
　　　　　　何耐心承受。

强盗乙　　　来,带她走。

强盗甲　　　跟她在一起的那位绅士,在哪儿?

强盗丙　　　他腿脚灵,跑得比我们快,但莫伊塞斯和瓦
　　　　　　列利乌斯在追他。你带她去森林西头,咱们
　　　　　　首领在那儿。我们去追那逃了的。灌木丛
　　　　　　围住了,逃不掉。(强盗乙与强盗丙下。)

强盗甲　　　来,我必须带您去首领的山洞。别害怕。他
　　　　　　怀有一颗高贵心灵,不会非法对待女人。

西尔维娅　　啊,瓦伦丁,我为你,遭这份罪!(同下。)

第四场

森林另一部分

（瓦伦丁上。）

瓦伦丁 习俗多么能在一个人身上养成习惯！这幽暗的旷野，荒僻的森林，我觉得比住满人的繁华城市更好忍受。我能在这儿独坐，不为人见，伴着夜莺幽怨的啼鸣，倾诉我的烦忧，唱出我的悲痛。啊，你住在我心窝里，切莫如此长久离开这无人居住的府邸①，以免，日渐破败，房屋倒塌，当年记忆不复存！以你的光临修复我，西尔维娅！你这温柔的林间仙女，滋养你遭遗弃的情郎！（内喧哗声。）今天为何这样叫嚷、这样骚乱？这些是我的伙伴，让各自意愿成为法律，他们在追猎哪位不幸的旅行者。他们很敬慕我。但我费好大劲，才能阻止他们的粗野

---

①意即恋人的居所。

暴行。——你躲一下，瓦伦丁。这是谁来了？

（躲在一旁。）

[普罗透斯、西尔维娅与朱莉娅(扮成塞巴斯蒂安)上。]

普罗透斯　　小姐，我为您效的这份劳，——即便奴仆做任何事，您都看不上，——冒生命危险，把您从强盗手里救出，他要侵犯您的贞操和爱情。作为奖赏，请赐我一个柔情眼神。我无法乞求比这更小的恩惠，我相信，比这更小的，您给不出。

瓦伦丁　　（旁白。）我眼见、耳听，这多像一场梦！爱神，给我耐心，让我多忍一会儿。

西尔维娅　啊，悲惨，我何其不幸！

普罗透斯　我没来之前，小姐，您是不幸之人。但我一来，让您开心。

西尔维娅　你一临近，我最不开心。

朱莉娅　　（旁白。）他在你眼前出现，我也最不开心。

西尔维娅　我若让一头饥饿的狮子抓住，宁愿给这野兽当顿早餐，也不愿虚伪的普罗透斯来救。啊，上天，判定我多么爱瓦伦丁，他的生命之于我,恰如我的灵魂一样珍贵！[①]我对他有多爱——因为不可能更多,——对虚伪、发假誓的普罗透斯就有多恨！所以,走吧,别再向我求爱。

普罗透斯　为那柔情的一眼,有什么危险行动,哪怕站在死亡边缘,我不愿承担！

啊！当女人不去爱钟情她的男人,

经验反复见证,这是爱情的诅咒！[②]

西尔维娅　普罗透斯,有爱他之人,他偏不爱。再读一遍朱莉娅的心,你最称心的初恋,为她挚爱的缘故,你将忠诚撕成一千条誓言。所有那些誓言堕落成假誓谎言,又来爱我。你现在不存一丝忠诚,除非你竟有双份忠诚,那远比不忠诚更坏。

多重忠诚不如不忠好,

---

① 原文为"Whose life's as tender to me as my soul!"。朱生豪译为:"他的生命就是我的灵魂。"梁实秋译为:"我爱他就如同爱我的灵魂。"参见《旧约·撒母耳记上》18:1:"约拿单爱大卫,像爱自己一样。"20:17:"约拿单再次要大卫发誓爱他,因为他非常爱大卫,就像爱自己一样。"

② 原文为"O, 'tis the curse in love, and still approved, / When women cannot love where they're beloved."。朱生豪译为:"唉,这是爱情的永久的诅咒,一片痴心难邀美人的眷顾。"梁实秋译为:"啊！这是情场的悲剧,古今皆同,/ 男人苦苦求爱,女人偏偏不肯用情！"

　　　　　　　　一心多重忠诚太过分。①

　　　　　　　　你这假冒真心朋友的骗子！

普罗透斯	恋爱中，谁会顾及朋友！
西尔维娅	除了普罗透斯，谁都会。
普罗透斯	不，若求爱言语的温情本性，无法把您的举止变得更柔和，我要像军人一样，用剑尖儿②，向您求爱，违抗爱的本性，爱您。——强逼你。
西尔维娅	啊，上天！
普罗透斯	(向她动手。)我要强逼你顺从我的欲望。
瓦伦丁	(上前。)恶棍，松开那粗鲁、野蛮的触碰，你这邪恶的朋友！
普罗透斯	瓦伦丁！
瓦伦丁	你这劣等朋友，等于说，不忠诚，没有爱，——因为眼下这就算朋友。——奸诈之人！你欺骗了我的希望。若非亲眼所见，无法劝服自己。此刻我不敢说，我有个朋友活在世上。你驳倒我才行③。当一个人的右手④向

---

　　①原文为"Better have none / Than plural faith, which is too much by one."。朱生豪译为："你的一心不剩了，却生了二心，二心比一心坏得多。"梁实秋译为："一个人宁可是无情薄幸，/ 也不可多方面的故作多情。"

　　②用剑尖儿(at sword's point)：具性意味，暗指以阴茎求爱。

　　③原文为"thou wouldst disprove me."。朱生豪未译。梁实秋译为："你会要证明我错误。"

　　④右手(right hand)：代指知交好友，即普罗透斯。

胸窝发假誓,还能信任谁? 普罗透斯,很抱歉,我决不再信任你,为了你的缘故,要把这世界算作陌路人。

密友伤害最深。啊,最该诅咒的时代!

所有仇敌中,最坏那个竟是一位朋友!

普罗透斯　羞愧和内疚战胜我。宽恕我,瓦伦丁。若衷心歉疚,能替罪行做一笔足够的赎金,我这就奉上。① 我过去犯下罪过,现在真心痛苦。

瓦伦丁　那我算得到报偿。我再次视你为诚实之人。

若有谁对悔罪,心怀不满,

天地不满。因为天地满意。

永恒的愤怒②,由悔罪平息,

为展示我的友情坦率、慷慨,

愿把西尔维娅之于我所有的一切,给予你。

朱莉娅　啊,我大不幸!(晕倒。)

普罗透斯　照看这个男孩儿。

---

① 原文为"if hearty sorrow / Be a sufficient ransom for offence, / I tender't here."。朱生豪译为:"如果真心的悔恨可以赎取罪行,我向你表示悔恨。"梁实秋译为:"如果真心的悔恨可以成为充分的赎罪的代价,我奉上我的赎金。"

② 永恒的愤怒(th' Eternal's wrath):上帝的愤怒。参见《旧约·出埃及记》32:11-12:"但是摩西向上主——他的上帝求说:'上主啊,为什么向你的子民这样发怒呢?'"《旧约·诗篇》110:5:"主在你的右边,/ 他发怒的时候要痛击列王。"《旧约·约伯记》21:20:"罪人该接受自己应得的惩罚;/ 他们该体验全能者的愤怒。"《新约·以弗所书》5:6:"上帝的愤怒要临到悖逆的人身上。"

瓦伦丁	喂,孩子!喂,小伙子!怎么了?怎么回事? 抬头,说话。
朱莉娅	啊,仁慈的先生,我的主人命我给西尔维娅 小姐送一枚戒指,由于疏忽,忘了送。
普罗透斯	那戒指在哪儿,孩子?
朱莉娅	(拿出戒指。)在这儿。就这枚。
普罗透斯	(接过戒指。)怎么?让我看一下。——哎呀, 这是我给朱莉娅的戒指。
朱莉娅	啊,请您宽恕,先生,我弄错了。(拿出另一枚戒 指。)这才是您送西尔维娅的戒指。
普罗透斯	但你这枚戒指怎么来的?离别前,我把它给 了朱莉娅。
朱莉娅	朱莉娅亲手把它给了我,是朱莉娅本人带它 来到这儿。(显出身份。)
普罗透斯	怎么!朱莉娅!
朱莉娅	瞧她,你一切誓言的靶子①,她把誓言深深收 在心里。你竟然多次以发假誓劈开靶心②! 啊,普罗透斯,让这身衣服③使你脸红。羞耻 若在一份乔装的爱情里存活④,你该深感羞

---

① 靶子(aim):射箭术语,代指目标。

② 靶心(root):射箭术语,代指"我的心底"。

③ 衣服(habit):朱莉娅乔装成侍童穿的红色衣服。

④ 原文为"if shame live / In a disguise of love!"。朱生豪未译。梁实秋译为:"如果为爱情而化装是一件可耻的事。"

愧,我竟身穿这种不得体的衣服①!

　　　　羞耻心发现,女人更换衣装,

　　　　比起男人变心,那污点更小。②

普罗透斯　　比起男人变心! 真的,啊,上天! 男人若不变心,他就完美了。犯一次错,使他浑身是错,让他四处犯罪。不忠之情尚未开始即跌落。西尔维娅脸上有什么,我若以恒定的眼神,岂能看不出朱莉娅脸上更鲜嫩?

瓦伦丁　　来,来,各伸一只手。(普罗透斯与朱莉娅牵手。)让我祝福,促成这幸运的结合。如此两位好友长久结仇,实为憾事。

普罗透斯　　上天作证,我的心愿永远满足。

朱莉娅　　我的也是。

(强盗数人与米兰公爵及图里奥上。)

众强盗　　一件战利品! 战利品! 战利品!

瓦伦丁　　不可,不可,我说! 这是公爵大人。(强盗放开公爵与图里奥。)——蒙羞之人,遭放逐的瓦伦

_____

① 意即若为爱情乔装打扮是可耻的,那你该感到羞愧,或者是你该为自己是个虚伪的恋人感到羞愧。

② 原文为"It is lesser blot, modesty finds, / Women to change their shapes than men their minds."。朱生豪译为:"可是比起男人的变换心肠来,女人的变换装束还不算是怎么一回事。"梁实秋译为:"不过就羞耻而论,女人改变衣服/比男人变心该是较小的一种错误。"

丁，欢迎殿下。

公爵　　　瓦伦丁先生！

图里奥　　（上前。）那边是西尔维娅。西尔维娅是我的。

瓦伦丁　　（拔剑。）图里奥，退后，否则，迎接死亡。不要逼近我愤怒的界限。不要说西尔维娅是你的。如再说一遍，维罗纳①保不住你的命。她站在这儿，伸手碰一下就能占有。——只要朝我心上人吹口气，我就挑战你②。

图里奥　　瓦伦丁先生，我不喜爱她了，我认为，谁为一个不爱自己的女孩拿身体冒险，谁是傻瓜。我不要求了，因此，她是你的。

公爵　　　那你更卑劣、下贱。之前为追求她，你如此尽力，此时竟以如此不足取的理由，将她遗弃。③——现在，以我先祖的荣耀起誓，我赞美你的勇气，瓦伦丁，认为你配得上一位皇后的爱。那我在此告知，忘掉过去一切悲痛，撤销一切怨恨，把你召回家乡，凭你无可匹敌的功德，提出一个新的事态，为此，我这样作证：——瓦伦丁先生，你是一位绅士，出身高

---

① 维罗纳（Verona）：图里奥是米兰公民，此处应为"米兰"。

② 意即与你决斗。

③ 原文为"To make such means for her as thou hast done, / And leave her on such slight conditions."。朱生豪译为："从前那样向她苦苦追求，现在却这样把她轻轻放手。"梁实秋译为："你过去对她苦苦追求，现在又这样轻易放弃。"

瓦伦丁　　(拔剑。)图里奥,退后,否则,迎接死亡。

贵，娶走你的西尔维娅，因为你配得上她。

瓦伦丁　　感谢殿下。这份礼物让我开心。我现在恳求
　　　　您，为您女儿的缘故，再恩准赐我一份恩惠。

公爵　　为你自身缘故，随便提什么，我都应允。

瓦伦丁　　这些与我同住的遭放逐者，都是被赋予了可
　　　　贵品质的人。宽恕他们在这儿所犯的罪行，
　　　　把他们从流放中召回。他们弃邪归正，有教
　　　　养，充满善意，堪当大任，可敬的大人。

公爵　　你说得奏效。我赦免他们，赦免你。按你所
　　　　知他们各自所长，做出安排。——来，咱们
　　　　走。我们要以狂喜、欢笑和非凡的典礼，结
　　　　束一切纷争。

瓦伦丁　　咱们一路走，我斗胆与大人交谈，让您一笑。
　　　　大人，您觉得这位侍童如何？

公爵　　我看这小伙子很优雅。他脸红了。

瓦伦丁　　我向您保证，大人，比小伙子更优雅①。

公爵　　这话什么意思？

瓦伦丁　　让您高兴，咱们一路走，我说给您听。所发
　　　　生的一切，您会感到惊奇。来，普罗透斯，把
　　　　恋爱遭揭穿的故事说来听，这算您苦行赎罪。
　　　　讲完之后，我们的婚礼日就是你们的婚礼日。

---

① 意即更富有女性魅力。

一场欢宴，一栋房子，共享幸福。(同下。)

（全剧终）

《维罗纳二绅士》：
一部轻松愉快的意大利式喜剧

傅光明

《维罗纳二绅士》是最早莎剧之一，具体创作日期无法确定，一般认为写于1589—1593年之间，有些学者认为它是莎士比亚的第一部剧作，因为它在全部莎剧中第一次展示出一些日后处理得更细致的主题和母题，例如，这是他第一部写女主角乔装成男孩的戏。该剧涉及友情与背信不忠的主题，友谊与爱情之间的冲突，以及人们在恋爱中的愚蠢行为。有学者将普罗透斯小丑式的仆人朗斯和他那条名叫"克莱伯"（Crab）的狗，视为该剧之亮点，并称"克莱伯"为"莎剧正典中最抢镜的无台词角色"。该剧一般被视为最薄弱的莎剧之一，也是所有莎剧中出场演员最少的一部。

一、写作时间和剧作版本

（一）写作时间

梁实秋在其所写《维洛那二绅士》译序中，援引"耶鲁本编著"卡尔·扬格(Karl Young)的"综合意见":"有资格的批评家们的主张,是自1591—1595年之间,大多数赞同1591—1592年的说法。目前所有的版本既表现出青年作家的作风以及修改的痕迹,我们可以猜想此剧作于1590—1591年,作者或其他的人于1594—1595年又加以改动。我们可以确知的是,此剧有些不成熟的地方,也有些因改动剧本而生出的不规律之状态。"梁实秋认为:"这一见解是可以认定的。"①

时至今日,随着多种莎剧注释新本的出现,关于该剧写作时间的见解有了权威性更新。在此基于库尔特·施吕特(Kurt Schlueter)所写"新剑桥版·导论"中相关资料做一综述。②

在1623年"第一对开本"《威廉·莎士比亚先生喜剧、历史剧和悲剧集》(*Mr. William Shakespeares Comedies, Histories, & Trage-dies*)出版之前,只有弗朗西斯·米尔斯(Frances Meres, 1565—1647)在其1598年出版的《智慧的宝库》(*Palladis Tamia, Wits Treasury*)一书中提及该剧,并称赞莎士比亚是一位完美的喜剧和悲剧作家:"关于喜剧,请看他的《维罗纳绅士》《错误》《爱的徒劳》《爱得其所》《仲夏夜之梦》《威尼斯商人》。"尽管所提剧名并不完整,但无须怀疑:《维罗纳绅士》(*Gentlemen of Verona*)即《维罗纳二绅士》(*The Two Gentlemen of Verona*),《错误》(*Errors*)即《错误的喜剧》(*The Comedy of Errors*)。

---

① 梁实秋:《维洛那二绅士·序》,《莎士比亚全集》(第一集),中国广播电视出版社,1995年,第91页。

② 此节论述参考 Edited by Kurt Schlueter, *The Two Gentlemen of Verona*. Introduction, Cambridge University Press, 2003, pp.1–2。

　　施吕特指出，"第一对开本"中的悲剧列表显示并不代表创作时序；喜剧亦然。同时，该剧写作严重仰赖葡萄牙作家豪尔赫·德·蒙特马约尔（Jorge de Montemayor）1559 年出版的田园牧歌小说《狄安娜七卷书》（*Los Siete Libros de la Diana*；*The Seven Books of the Diana*）中的一章，这一事实无助于确定写作年代。因为，这部以西班牙文写成的散文浪漫传奇于 1542 年首次发表，1578 年由尼古拉斯·科林（Nicholas Collin）译成法文。巴塞洛缪·扬格（Bartholomew Yonge）的英译本虽在 1598 年问世，却于 1582 年已译竣。另外，还有一部当时由"女王剧团"（Queen's Men）在格林威治宫（Greenwich Palace）演出过（1585 年 1 月 3 日）、后来失传的匿名作者的戏剧《菲利克斯和菲洛米娜的历史》（*The History of Felix and Philiomena*），其中有一插剧情节，可能与莎士比亚使用的故事来源相同。假如这部匿名作者的戏剧确实对蒙特马约尔的故事做过处理，亦有可能为莎士比亚提供了最初构想。然而，鉴于该故事与莎剧戏文之间存在大量细节关联，不妨假定，莎士比亚通过英译本对蒙特马约尔有了认知。

　　施吕特认为，《维罗纳二绅士》中使用的戏剧技巧十分有限，它严重仰赖独白和对白，人为地平衡一对恋人和一对仆人，一些台词的抒情性及风格上的另一些特点，这些都显出它在早期莎剧正典中的地位，但具体写作时间和地位如何，或多或少仍只能猜测。莎学家钱伯斯（E. K. Chambers, 1866—1953）提出，《维罗纳二绅士》写于 1594 年或 1595 年，在《驯悍记》之前，在《爱的徒劳》和《罗密欧与朱丽叶》之后。另一莎学家霍尼希曼（E.A.J. Honigmann）认为，《维罗纳二绅士》写于 1587 年，是莎士比亚第一次试手写喜剧。显然,这一看法并非基于与文本相关的新材料,而是源于对莎士比亚编剧时间的过早推断。钱伯斯曾列过一份莎士比亚"学徒期编剧年表",霍尼希曼认为,应向该表发起挑战,他反对正统的"晚开始"和"早开始"理论,这两种理论都试图重新界定一些早期莎剧与那些传统上被视为其"源戏剧"(source plays)的剧作的关系。霍尼希曼强调,这些剧作无须早于同类莎剧,即可与艺术上成功的莎剧一争高下。换言之,他并不觉得该剧在艺术上十分幼稚。

霍尼希曼把戏剧家乔治·皮尔(George Peele, 1556—1596)于 1591 年所写的《骚乱不断的英格兰国王约翰王朝统治》(*The Troublesome Reign of John, King of England*),视为早期英国戏剧编年史的新基石。在他看来,该剧完稿时间紧随莎剧《约翰王》和《理查三世》之后。鉴于本·琼森(Ben Jonson, 1572—1673)曾提及莎剧有过"塞内加式的悲剧"(Senecan tragedies)时期,霍尼希曼将《泰特斯·安德洛尼克斯》(*Titus Andronicus*)的写作时间暂定在 1586 年,1587 年《维罗纳二绅士》紧随其后。然而,传统观点认为,《错误的喜剧》是莎士比亚喜剧创作生涯的起点,在该剧中,他可以利用在拉丁文法学校时阅读拉丁喜剧的体验,这似乎比看到他以更多原创性冒险的《维罗纳二绅士》来开启戏剧生涯,更为可信。他在《错误的喜剧》中找见一种自己独特的喜剧基础,并在他的许多成熟剧作中返回来重新使用、发展这些戏剧手段。

后世莎学家对莎士比亚实验性喜剧的写作时间及排序,仍只是猜想,但无论早期莎剧如何排序,《维罗纳二绅士》完稿于

16世纪80年代末，并非不可能。2008年"牛津版"该剧编者罗杰·沃伦（Roger Warren）提出，该剧是莎士比亚文学里现存最古老的一部戏，写作时间应在1587—1591年之间。他甚至提出假设，莎士比亚来伦敦之前可能已写成该剧，并打算用当时最当红的著名丑角演员理查·塔尔顿（Richard Tarlton）饰演普罗透斯的仆人朗斯。这一观点或许源于塔尔顿在舞台上与一只狗一起表演过几场极受欢迎的欢闹戏，像剧中朗斯牵着他的狗（克莱伯）演戏一样。塔尔顿1588年9月去世。沃伦还注意到，剧中几段台词似乎取自"大学才子"之一的诗人、剧作家约翰·利利（John Lyly, 1554—1606）的剧作《迈达斯》（*Midas*），后者至少完稿于1589年底。由此，沃伦认定，1590年或1591年是该剧最有可能的确切写作时间。

不过，无论如何，遗憾的是，关于《维罗纳二绅士》的演出记录，伊丽莎白时代只字未留。

（二）剧作版本

梁实秋在《维洛那二绅士·序》开篇说明，该剧"无四开本行世，初刊于1623年之'第一对开本'，列于喜剧部分，占页20至38，为全集中之第二部剧本。此剧在版本方面之最显著的特点，是完全没有'舞台指导'，上下场亦几全付阙如（除每景首尾之外）。任何剧团不可能根据这样的版本上演……伊丽莎白时代的舞台剧通常约为3000行，但此剧只有2380行，很可能原剧本经过删削，约少了600行"。①

---

① 梁实秋：《维洛那二绅士·序》，《莎士比亚全集》（第一集），中国广播电视出版社，1995年，第89页。

简言之,关于该剧版本,如英国当代莎学家乔纳森·贝特(Jonathan Bate)在其编注的"皇家莎士比亚剧团版"《莎士比亚全集》(简称"皇莎版")《维罗纳二绅士·导论》中所说:"1623年'第一对开本'是唯一最早印本,据'国王剧团'(King's Men)专职抄写员拉尔夫·克莱恩(Ralph Crane)之誊抄本印制。印刷质量大体良好。"①

二、"原型故事"

(一)《维罗纳二绅士》之于蒙特马约尔的小说《狄安娜》

莎士比亚在写《维罗纳二绅士》时,借鉴了葡萄牙作家豪尔赫·德·蒙特马约尔所著《狄安娜七卷书》(简称《狄安娜》)中的"二书"。这位一生几乎完全用西班牙语写作的葡萄牙小说家、诗人,生于邻近葡萄牙科英布拉(Coimbra)的旧蒙特莫尔(Montemor-o-Velho),他的名字"蒙特莫尔"(Montemor)即源于此,西班牙文拼作"蒙特马约尔"(Montemayor)。尽管母语是葡萄牙语,但他只在《狄安娜》"六书"中,用葡萄牙语写了两首歌曲和一段短文。他的散文风格对16世纪用法语和英语写作的诗人、作家多有影响。

如前所说,巴塞洛缪·扬格的《狄安娜》英译本虽在1598年出版,但据他在序言中自称,早在16年前(约1582年)即译竣。莎士比亚可能读过扬格的一份英译本手稿,也可能与这个故事的法语版邂逅,或从那部由《狄安娜》改编而来、匿名的英国戏

_____

① 参见 Jonathan Bate & Eric Rasmussen 编, *The Two Gentlemen of Verona·Introduction*, 外语教学与研究出版社,2008年,第55页。

《菲利克斯与菲洛米娜的历史》，获知这个故事。

以下参照库尔特·施吕特"新剑桥版·导论"，再对情节详做描述。①

蒙特马约尔的"狄安娜"的故事以序幕开篇，写女主人公命中注定将遭受不幸的恋爱，却拥有一种特殊的坚韧天性。长大后，她发现一位地位显赫的邻居之子执着而用心地追求自己。意识到命运的安排，她不愿谈恋爱。最终，追求者贿赂她的女仆，把情书交给她。《维罗纳二绅士》第一幕第二场与此形成对应，十分相似，除了这一剧情，朱莉娅因缺乏菲莉丝梅娜的动机，在接受求爱者给她那封情书时，表现得不那么勉强。普罗透斯在第一幕第三场读的朱莉娅的那封信，比菲莉丝梅娜对她的菲利克斯先生的答复更具约束力，菲利克斯只是通过持续一年左右的炫耀性求爱，成功赢得她的爱。菲莉丝梅娜终于亲口答应，这时，菲利克斯的父亲出面干预，以他该出门办点事为由，将他送到一外国宫廷。菲利克斯动身时，他那颗破碎的心不许他离开恋人。菲莉丝梅娜对他的忠诚有怀疑，立即扮成一个侍童，紧随其后。等她到达时，发现菲利克斯已爱上西莉亚小姐，并偷听到他正用一首小夜曲向西莉亚求爱。

比较来看，莎士比亚在《维罗纳二绅士》中将普罗透斯的求爱时间缩短，代之以离别时的告白。他还出于强调教育主题，改变了父亲送儿子远离家乡的动机。此外，《维罗纳二绅士》增加了普罗透斯离别和朱莉娅决心尾随这两者之间的时长。尽管朱

---

① 此节论述参考 Edited by Kurt Schlueter, *The Two Gentlemen of Verona · Introduction*, Cambridge University Press, 2003, pp.6–14。

莉娅得到更大信任,处境却和菲莉丝梅娜一样糟。两人都设法在各自不忠的恋人那里谋到差事,向他们晓之以理,但均遭到为情敌跑腿的羞辱。然而,这些相似之中存有重大差异:菲莉丝梅娜乔装打扮与昔日恋人说理,得到完全认同,却发现无法改变昔日恋人的意图。这大体归因于她的恋爱注定不快乐,这倒使不忠的恋人至少在一定程度上,多少摆脱掉个人负罪感。在这种情形下,出于对菲利克斯因求爱不成所遭痛苦之怜悯,菲莉丝梅娜试图诱导西莉亚对他表示一些好感。西莉亚爱上乔装成侍童的菲莉丝梅娜,起初顺从了她的意愿。但这造成了更大的痛苦——不仅对菲莉丝梅娜,对西莉亚亦然,因为她一定要将侍童尽力帮助主人的行为视作对她自身表达爱意的拒绝。菲莉丝梅娜陷入双重困境,每个举动都会带来新痛苦:出于对菲利克斯渴望得到西莉亚爱情信物的怜悯,出于他似乎经由她,他才能得到这些信的缘由,菲莉丝梅娜承受了最大的痛苦。西莉亚之死打开唯一的活路,菲莉丝梅娜幸存下来,这可能是因为她有特殊的坚韧天性。菲利克斯绝望逃离。菲莉丝梅娜尾随寻找,漫游世界,成为一名亚马孙族女战士,凭其坚韧救出许多有生命危险的人,其中一个原来是她心爱的菲利克斯。他们在远离宫廷和城市的一个绿色世界重逢,并有望结合在一起。但这一团聚能否花开绽放,仍取决于她在恋爱中遭受不幸的魔咒能否被打破。

施吕特继而分析,由于在《维罗纳二绅士》中,对应西莉亚的角色西尔维娅对瓦伦丁有过坚定承诺,因此,西尔维娅既不会接受普罗透斯的求爱,也不会爱上替他跑腿的侍童。莎士比亚为感谢西莉亚对菲利克斯表露出的好意,把主题替换成讨要一幅肖像画。朱莉娅的痛苦则集中在她扮演阿里阿德涅的故事里，阿里阿德涅是一个遭不忠情人遗弃的女人的神话原型。为了自身利益，朱莉娅比菲莉丝梅娜表现得更理智、决心更明确。她决心利用乔装优势，挫败反常的恋人向自己的情敌求爱。为达到目的，她甚至想向西尔维娅透露真实身份，但觉得没必要，继而放弃。无论西莉亚之死，还是西尔维娅严词拒绝普罗透斯，都未能解决这对恋人不正常的依恋关系。最终，在与《狄安娜》中大致对应的远离宫廷之地，朱莉娅通过主动追求行为，获得意外成功。因此，不难得出结论，蒙特马约尔小说中的"菲利克斯与菲莉丝梅娜"情节，为莎士比亚提供了一个求爱故事，在莎剧故事里，男、女常规角色反转过来。莎士比亚甚至通过缩短朱莉娅不愿接受恋人求爱的剧情、通过让她更坚定追求自己所爱，强化了这些特征。他还增加了第二幕第二场普罗透斯与朱莉娅告别的一场戏，在这场戏里，为拴牢恋人，朱莉娅试图发起订婚，尽管普罗透斯对这份契约热切分享，却似乎并未预见到这是订婚。

按双重剧情的风格，莎士比亚发现甚或发明了一种求爱故事，来折射"菲利克斯与菲莉丝梅娜"的故事。初看起来，因是派男性去求爱，"瓦伦丁与西尔维娅"的剧情似乎谈不上原创。但作为一个求爱的男主角，瓦伦丁表现出比史诗或戏剧更富抒情性的特质。人们对他的最好看法是，永不要对他的善意心存怀疑。他对恋爱缺乏兴趣，这与朱莉娅最初的不情愿形成一种平行。一遇见西尔维娅，他顿生爱意，却奇怪地保持被动。照侍童所说，他花时间笨拙地盯着她看，表现出传统情人的所有迹象。第二幕第一场，正由于西尔维娅主动让他替她给自己写封信，才使这对男女有了决定性的联系。如果仆人不把这封信的意义解释清楚，这个计策甚至会失败。当瓦伦丁在第二幕第四场再次登场时，卷入与情敌（图里奥）的一场言语冲突，这位情敌除了确实讨姑娘父亲喜爱之外，几乎没机会挤掉他。父亲的反对十分可怕，为此，这对恋人只能选择逃避，而无法克服。于是，他们酝酿出一个私奔计划。剧中未明确这个计划由谁发起，但有理由推测，多半由西尔维娅想出来，计划包括借助一架绳梯爬上她住的塔楼顶层。绳梯作为一件能够发现瓦伦丁的工具，似乎是为了给他营造一些浪漫英雄的假象。计划未能实施，部分归因于瓦伦丁把计划事先泄露给旧日好友（普罗透斯）——为争夺爱情，这位好友把内情透露给西尔维娅的父亲，部分归因于瓦伦丁盲目地走进这位父亲为他设好的圈套里。当这名罪犯因绳梯之罪证及一封几无必要写给自己新娘的诗文信被定罪时，这位小气的家庭暴君（米兰公爵）滥用身为那片领土首脑的权力，将他放逐。流放路上，瓦伦丁很幸运地落入一伙强盗手中，他们没抢他半点钱财，反而选他当了首领，将所有财宝交他处置。瓦伦丁并未积极运用这份权力来实现自己的目标，而是把时间花在为西尔维娅叹息及提高手下这伙人的品行上。当西尔维娅一路尾随，跟瓦伦丁进入森林，他有幸控制住两位情敌和敌视他的那位父亲，他尽力使期盼已久的新娘免遭其中一位情敌强奸，但不一会儿，他为效仿古代的理想友情模式，又表示准备放弃这梦寐以求的"战利品"。诚然，这仍是一种虚无姿态，因为通过朱莉娅的干预，无论西尔维娅这个"战利品"，还是潜在的"战利品"获得者普罗透斯，均无机会接受或拒绝这一提议。幸福结局由米兰公爵来完成,他宣布,与之前所做裁决相反,英雄(瓦伦丁)势必有资格实现其早先界定的完美绅士的理想。因此,大多英雄求爱之成功,并不取决于自己所做的决定和行动,而取决于所获机缘及自己所爱那位小姐的善意和主动。因此,这一平行剧情,不仅折射出与蒙特马约尔小说的显著差异,还呈现出求爱故事里的一种滑稽剧表演,这类故事在教育家赫伯特·斯宾塞(Herbert Spenser, 1820—1903)的教育小说中充当着一种媒介工具。

(二)《维罗纳二绅士》之于埃利奥特的《被任命为总督的博克》

对莎士比亚创作《维罗纳二绅士》有重大影响的另一素材来源,是提倡人文主义绅士教育的英国学者托马斯·埃利奥特(Thomas Elyot, 1490—1546)于1531年出版的《被任命为总督的博克》(*The Boke Named the Governour*)一书中的"泰特斯(Titus)与吉西普斯(Gisippus)亲密友情的故事"。这是都铎王朝时代论述教育的主要论文。尽管乔瓦尼·薄伽丘(Giovanni Boccaccio, 1313—1375)在《十日谈》(*The Decameron*)里讲了同样的故事,但《维罗纳二绅士》和《被任命为总督的博克》二者语言上的相似性表明,《维罗纳二绅士》的主要故事来源是埃利奥特的《被任命为总督的博克》,而非《十日谈》。在这个故事中,泰特斯与吉西普斯形影不离,直到吉西普斯爱上索弗洛妮娅(Sophronia)。吉西普斯介绍索弗洛妮娅认识泰特斯,但泰特斯被嫉妒心征服,发誓要引诱她。听了泰特斯的计划,吉西普斯做出安排,他们在新婚之夜交换位置,以此将友谊置于爱情之上。

施吕特注意到《维罗纳二绅士》中与此平行的剧情,且使用了前面提及的薄伽丘的故事里考验友情这一主题。薄伽丘在故事里，结合了世界文学发展出来的对英雄式友情的两种考验：把自己的新娘送给朋友和为朋友献出生命。后者的主题单独出现在罗马传说"达蒙与皮亚厄斯"（Damon-and-Pythias）类型故事或"俄瑞斯忒斯-皮拉德斯"（Orestes-Pylades）神话中。然而，在薄伽丘笔下的三元结构中，泰特斯的生命冒险被用作最后的证据，证明他值得接受吉西普斯早先作为友情见证赠予他的新娘。这种赠予一经提出，双方进行争辩，新娘及家人反对，双方朋友却公开支持。因罗马人比希腊人更了解友情的传说，罗马人泰特斯在同新娘的希腊亲属的辩论中获胜。此处，施吕特特别强调，貌似为防止女权主义批评，薄伽丘让一个女性叙述者来讲这个故事，听众不论男女都对她表示认同。重要的是，这一剧情发生在古典时代，当时男女关系既没受到宫廷爱情观，也没受到柏拉图式和新柏拉图式对其重新解释的影响。埃利奥特的故事版本保留了古代背景，将争论元素删除，或是因埃利奥特无法想象，任何一位读者都可能想通过真正模仿故事中所讲述的奇妙友情考验，来证明自身勇气。

不过，莎士比亚的男主角选择了效仿吉西普斯的做法，因其他背景发生了根本性改变，这一表现甚显怪异。几乎在《维罗纳二绅士》的整部剧中，瓦伦丁和普罗透斯均被视为"朋友"。"朋友"一词在现代意义上被弱化了。施吕特分析，在他们第一次出场相互话别时，尚没有成为英雄式友情候选人的资格，因为与泰特斯和吉西普斯相比，他们因各自价值观和意图之不同而分裂。哪怕交流中使用亲切的称谓，也不能表明两人间有一条独特纽带：普罗透斯后来对图里奥几乎同样使用"朋友"称谓。其实，周围人并不认可这两个年轻人因极为特殊的爱好和义务绑在一起。普罗透斯的父亲把他们说成伙伴，而非朋友。这位当父亲的，似乎倾向于轻视瓦伦丁的社会地位，并不能辨识对理想友情至为重要的一种关系——平等。反讽的是，戏文中的"朋友"一词多在涉及友情破裂时出现。稍做考证，有意思的是，该词最早用来指亲戚和熟人，并非指理想或普通友情意义上的朋友。当普罗透斯假意向遭放逐的瓦伦丁示好友情之时，"朋友"一词出现了，这是剧中所呈现的现实和用来描述这现实的语言之间的典型差异。相反，当瓦伦丁试图以"朋友"一词安抚那些亡命盗贼时，他们拒绝这个称谓；他们自称瓦伦丁的"敌人"，却把弄来的所有财宝，连同他们自己，都交由瓦伦丁掌控，以此表达敬爱和赞赏。剧中没一处将常用来描述理想友情的"另我"（拉丁语：alter ego）公式，用在瓦伦丁和普罗透斯的关系上，二人也从未被称作"两颗灵魂合为一体"。

简言之，"另我"即另一个自我，通常被认为与一个人常态或原有性格有明显差异。拥有一个"另我"之人需过双重生活。公元 1 世纪时，古罗马哲学家西塞罗（Cicero，前 106—前 43）创造出这一词汇，作为其哲学建构的一部分。但他将该词形容为"一个第二自我，一个值得信赖的朋友"。到 19 世纪初，心理学家开始用"另我"描绘"解离性人格疾患（即多重人格障碍）"。

不过，按施吕特分析，在剧中，这个同一性公式可能包含在瓦伦丁遭放逐时的抱怨里，他在抱怨中描述他与西尔维娅的结合："死，是放逐我自己；西尔维娅就是我自己。从她身边遭放逐,就是自己放逐自己。——一种致命的放逐!"因此,他把强迫分离看作自我毁灭。尽管莎士比亚通过朗斯提出要打瓦伦丁的情节和普罗透斯关于西尔维娅个性坚定的叙述,滑稽性地减少了瓦伦丁的毁灭幻想,但瓦伦丁唯一表现出的伤悲,是因与西尔维娅分离,并非因与他所谓的朋友分离。

更有甚者,剧中没人在新娘令人惊叹的求婚之前采用"另我"公式。瓦伦丁在对普罗透斯破坏友情的抱怨中,使用了同一个身体器官间分裂的比喻:"当一个人的右手向胸窝发假誓。"无疑,该剧表明,倘若瓦伦丁甚至期望他的朋友遵从对友情的描述,而这一描述大大低于"另我"公式所描述的友情本质,那他就误判了现实。虽说这个比喻包含有机统一,但它由利用身体的不平等部分来传达。当要强调实际利益时,它出现在关乎友情的文学里。不平等与实用性两个时刻,均使这种联盟低于友情的最高概念。但即便是这种低级的友情观念,对这部剧也不适用,因为瓦伦丁并未显出需仰赖普罗透斯相助。批评家们偶尔会提及这个事实,即与泰特斯相比,普罗透斯几乎配不上瓦伦丁给他的好处,但问题的关键在于,人们对女人的态度发生了改变。在薄伽丘的小说里,尽管吉西普斯爱恋、尊敬、看重索弗洛妮娅,但对他来说,恋人没朋友重要,他视朋友为独一无二、不可替代之人。《维罗纳二绅士》一切则表明,对于瓦伦丁而言,西尔维娅才是不可替代的唯一,是他继续存活的必要条件,整个剧情似乎都证明了,如果没有所谓的朋友,他能过得更好。

(三)《维罗纳二绅士》之于约翰·利利的《尤弗伊斯》

诗人、剧作家约翰·利利于1578年出版的《尤弗伊斯:智慧的剖析》（*Euphues: The Anatomy of Wit*）对莎士比亚编创《维罗纳二绅士》，亦有重要影响。这是一部表面谈教育，尤其谈爱情和友情的小说，至少在某些方面，它是对薄伽丘的故事的一种不同类型的重写。像埃利奥特的《被任命为总督的博克》一样，《尤弗伊斯》也描述了两个形影不离的好友因为一个女人的出现而分开；也像其他两部一样，故事以一位朋友为挽救友情而牺牲女人收场。然而，如杰弗里·布洛（Geoffrey Bullough, 1901—1982）所说："莎士比亚对利利的亏欠可能技巧多于材料。"另外，利利的《迈达斯》可能对《维罗纳二绅士》中朗斯和斯比德谈论挤奶女工优缺点那场戏有影响，因它与《迈达斯》剧中卢西奥（Lucio）与佩特鲁斯（Petulus）那场戏十分相似。

由此，施吕特指出，从友情考验这一主题来分析，能发现莎士比亚创造出一个忠实朋友的模仿品，并将其与一个不忠诚、不值得交往的朋友连成一对。《尤弗伊斯》中的尤弗伊斯（Euphues）和菲洛图斯（Philautos），比《维罗纳二绅士》中的普罗透斯和瓦伦丁，更自觉地称自己为朋友。他们打算按英雄式友情的榜样来生活，包括泰特斯和吉西普斯，但由于他们在友情的真谛上自我欺骗，考验自然以失败告终。他们把友情当成共同追求快乐而非美德的习俗。利利加入反讽意味，至少在道德层面，他笔下的女性地位远低于薄伽丘认可的索弗洛妮娅。菲洛图斯和泰特斯一样，当面对爱上朋友未婚妻这一事实时，同样经受了自我煎熬的独白，甚至一些相同论点再次出现。普罗透斯的独白以欺骗瓦伦丁的决心结束，这与菲洛图斯和泰特斯两人所受的煎熬类似。由于普罗透斯和菲洛图斯一样，采纳了泰特斯反对的那些论点,因此可以说,他的决定是基于菲洛图斯的例子。至少可以想象,那个时代的观众从利利的《尤弗伊斯:智慧的剖析》看《维罗纳二绅士》,恰如从薄伽丘的"泰特斯和吉西普斯"的故事来看《尤弗伊斯:智慧的剖析》。

(四)《维罗纳二绅士》之于罗伯特·格林的中篇小说《塔利斯之爱》

施吕特在"新剑桥版·导论"中指出,由于一些评论家造成这一印象——伊丽莎白时代的观众惯于将把新娘让给朋友视为一种对英雄之宽宏大量的经久考验,由此,应把罗伯特·格林(Robert Greene)的中篇小说《塔利斯之爱》(*Tullies Love*)纳入莎研视野,承认《塔利斯之爱》是对薄伽丘"菲利克斯"故事的另一种改写。小说中,年轻的西塞罗是友情观的主要倡导者,按其所宣扬的友情观念生活着。格林在这部浪漫传奇里,让年轻的西塞罗扮演泰特斯。因为该故事貌似具有传记性,所以将薄伽丘设定在古罗马时代的故事背景保留下来。但格林笔下的女主人公与薄伽丘笔下的索弗洛妮娅完全不同,格林按宫廷浪漫传奇故事中的女性来构思女主人公,将她描绘成一个美貌和美德的奇迹。她声名远扬,传进一位年轻罗马指挥官的耳朵里,他宁愿放弃指挥权也要赢得这个美妙女人。实际上,在表示不愿接受这个具有军人名望和无可挑剔的社会信誉的杰出青年的求婚时,她更像宫廷爱情故事里的女主角,而非《维罗纳二绅士》中的西尔维娅。求婚者与年轻的西塞罗成为朋友,尽管西塞罗的社会地位相对较低,却以雄辩力著称,他多次与小姐见面,替朋友求婚。结果,小姐爱上这位媒人,鼓励他向自己求爱。尽管西塞罗与世人一样钦佩这位"美德典范"，但他拒绝为追求个人利益背叛朋友。可是，他本人也深爱这位小姐，在相似情形下，他对泰特斯的内心痛楚感同身受。

施吕特继而分析，在利利和格林写的这两个故事里，第一对恋人很清楚朋友的灾难——这与第二对恋人的打算完全相反，后者宁死也不把情形告诉朋友。在两个故事里，第一对恋人都退后一步，宣布放弃早先的求婚，并积极协助朋友获得或留住他们渴望的小姐。但不同在于：在"薄伽丘-埃利奥特"的版本中，第一位恋人让出已接受他做丈夫的订了婚约的新娘，且为使这位新娘婚姻圆满，必须隐瞒她所认可的那个人的身份。格林的版本则避免任何有违情感、道德或法律礼仪的行为。年轻的罗马战士并未放弃他可能认为属于自己的东西，也没欺骗小姐去接受她不想要的东西。无须对两位朋友中任何一位的行为表示赞同或反对，但在格林眼里，他们的行为足够奇妙，可以围绕它，建立一个关于理想友情的故事，好像他们是泰特斯和吉西普斯一样。为确认这一论点，第三位求婚者出现了，其社会地位也比小姐喜爱的西塞罗高得多，但到眼前为止，他一直表现出怪异的粗野，不愿去爱，不愿去学习。但一遇到喜爱西塞罗的这位小姐，他竟奇迹般地改变自己，很快成为学识渊博的模范朝臣。因恳求无法赢得心仪的小姐，他最后诉诸武力。在随后的内战中，第一位恋人与小姐喜爱的第二位恋人联手，对付第三位恋人。这样，他们以甘冒生命危险的代价，既证明了友情，又胜利维护了这位小姐行使自由选择的权利。他们不仅打败强大的对手，还因此赢得罗马社会的一致认可。

施吕特最后强调,若把莎剧中"瓦伦丁-西尔维娅-普罗透斯"的剧情和格林的故事视为对薄伽丘的故事而非埃利奥特的故事版更为现代的改编,应注意到,两者都认同提升相关的女性地位,但在表现男性角色上有所不同。格林让他们两人(西塞罗和泰特斯)像薄伽丘笔下的人物那样值得一写,却让他们摆脱掉所有可能招致的指责及读者看起来不可接受的东西,莎士比亚则把额外污点加在两人(普罗透斯和图里奥)身上:一个背叛,一个愚蠢。从这个角度看《维罗纳二绅士》,很难断言莎士比亚并非有意写一部浪漫传奇滑稽剧,或者说,他意在把瓦伦丁的求婚当作绅士行为的一个标志,和处理自己情敌朋友的一种能力。

(五)次要素材来源

除以上所述,《维罗纳二绅士》另有其他次要素材来源,包括阿瑟·布鲁克(Arthur Brooke)的长篇叙事诗《罗梅乌斯与朱丽叶的悲剧历史》(*The Tragical History of Romeus and Julie*)。莎士比亚据此写成《罗密欧与朱丽叶》,《维罗纳二绅士》中也写到一位劳伦斯修道士。两部剧另一处相同场景是:罗密欧像瓦伦丁一样,打算靠一架绳梯骗过新娘(朱丽叶)的父亲(凯普莱特)。

再次,菲利普·西德尼(Philip Sidney, 1554—1586)的浪漫传奇《彭布罗克伯爵夫人的阿卡迪亚》(*The Countess of Pembroke's Arcadia*)也可能对莎士比亚编写《维罗纳二绅士》产生影响,因为《彭布罗克伯爵夫人的阿卡迪亚》中有个把自己打扮成未婚夫侍童的角色,该角色也有尾随出门的行为,随后,主要人物之一成为一群希洛特人(Helots;古斯巴达的国有奴隶)的队长;在《维罗纳二绅士》中,遭放逐的瓦伦丁成为一群不法盗贼的首领,与此对应。

另外，梁实秋在译序中提到，"在若干细微情节及词句上"，《维罗纳二绅士》可能受了1581年译成英文的意大利人马特奥·班戴洛（Bandello, 1485—1562）的小说《阿波罗尼乌斯与希拉》（*Apollonius and Sylla*）的影响①。

三、"一部轻松愉快的意大利式喜剧"

（一）莎士比亚喜剧的基础

英国18世纪诗人、文评家、《莎士比亚全集》编注者塞缪尔·约翰逊（Samuel Johnson, 1709—1784）在他那篇著名的《莎士比亚戏剧集》（*The Preface to Shakespeare*）序言中指出："当我阅读此剧时，不禁想，我看到了既严肃又可笑两者都有的场景，看到了莎士比亚的语言和感情的实质。它的确不是他最有力的思想感情奔放的力作之一，既没有许多性格的多样变化，也没有许多生活的引人注目的描写，但是它的思想道德的丰富内涵，远远超出他的大多数戏剧。其他戏剧，就个别章节和某些诗行来说，很少有比这部剧在更多的诗行或章节是如此惊人的完美。我也乐于相信，它不是一部很成功的戏剧。"②

显然，约翰逊对《维罗纳二绅士》这部莎士比亚戏剧生涯早期学徒之作过于溢美，严格说来，该剧所表现的"思想道德"的内涵远远不够丰富，不过是在舞台上以轻喜剧方式演绎了男女间的

① 梁实秋：《维洛那二绅士·序》，《莎士比亚全集》（第一集），中国广播电视出版社，1995年，第91页。

② 张泗洋主编：《莎士比亚大辞典》，商务印书馆，2001年，第677页。

忠贞爱情和同性间的忠诚友情应为何物；剧中的"诗行"或"章节"远不到"如此惊人的完美"的程度，不过是对古罗马喜剧和文艺复兴时期初兴的悲喜剧的承继和实际练手。理由很简单，因为莎士比亚编写这部剧的时候，还仅是一个初学者。但毋庸讳言，他有十足的喜剧的基础，这才是他一出手便虽显幼稚却亦显不凡的主因。

英国中世纪文学专家、学者内维尔·考格希尔(Nevill Coghill, 1899—1980)1950 年在《论文与研究》杂志第 3 卷(*Essays and Studies*, Ⅲ, 1950)发表论文《莎士比亚喜剧的基础》(*The Basis of Shakespearian Comedy*)，意味深长地以莎士比亚与本·琼森两者之喜剧对比开篇，认为同莎士比亚相比，"琼森的喜剧不是什么可笑的东西。一种严峻的伦理观以嘲讽的口气惩罚着剧中人物；对他们的缺点尽情揭露，对他们的罪行竭力谴责；对一些笨伯，就因为笨拙迟钝而受到鞭笞。琼森喜剧中的人物也可以部分地说明琼森的态度：那都是些市侩、暴发户、江湖医生、骗子、受骗者、吹牛的、横行霸道的、卖淫的。他们之间，谁也不喜欢谁。如果琼森写的是好人遭难，他所强调的不是好人而是遭难。对后面一点，琼森使尽了平生气力。"言外之意，琼森不大会写喜剧。然而，"莎士比亚喜剧的内容就不同了。在这里王孙公子、贵族仕女和商人、织工、木匠、村姑、友好的恶棍、小学的教师以及山村的治安官等摩肩接踵、熙来攘往；就在这些人之间也不乏慷慨好义之士；甚至还有好心肠的老鸨慷慨解囊抚养私生子。"

考格希尔认为，不仅可从莎士比亚和琼森对待喜剧的不同态度里，看出两种相反的气质，还应看出两种理论在起作用。"因为莎士比亚在设计喜剧时并不是简单地听从自己的性格行事；同样，琼森也不是这样。每个人都在继承早期的传统，继承中古的和文艺复兴时期的传统，而这部戏传统的共同思想根源便是第四世纪的拉丁语法家，尤其是伊万提乌斯（Evanthius）、迪奥米狄斯·格拉玛提库斯（Diomedes Grammaticus）和埃利乌斯·多纳图斯（Aelius Donatus）等人的著作。"

考格希尔为进一步阐明琼森和莎士比亚所编"讽刺的与浪漫的喜剧来源"，刻意对这三位拉丁语法家"不太连贯的"关于喜剧"东鳞西爪的意见加以整理"。

伊万提乌斯在《论戏剧或论喜剧》（*De fabula or De comoedia*）中说："悲剧与喜剧各自具有特殊标志：第一点，喜剧中人物是中产者；他们面临的危险既不严重，也不紧迫；他们的行动引向快乐的结局。悲剧则与此相反。还有一点应注意：悲剧表现的认为生活应当逃避；喜剧则认为生活很有意思。"

迪奥米狄斯在《语法学》（*The Ars Grammatica*）中说："喜剧与悲剧不同，悲剧讲的是英雄、将相、帝王；喜剧讲的是平常人。前者充满悲哀，遭受放逐或屠杀，后者则充满爱情与拐等女人。还有，在悲剧里，幸福的环境时常——也可以说永远——会引向悲哀的结局，原来的幸福生活与家庭将遭遇不幸……因为不幸是悲剧的属性……最初的喜剧诗人所陈述的是旧情节，内容有趣而技巧不高……到第二代才有阿理斯托芬（Aristophanes）、欧坡里斯（Eupolis）和克拉提努斯（Cratinus），他们着重主角的脾性，编写讽刺喜剧。第三代有米南德（Ménandros）、（锡弗诺斯的）第菲利乌斯（Diphilus of Siphnus）和（叙拉古的）费利蒙（Philemon of Syracuse），他们使喜剧减少讽刺，着重各种有趣的误解。"

多纳图斯在《语法学》（*The Ars Grammatica*）中说："喜剧的故事是关于城市公民的各种性格，人们从故事里认识到哪些生活是有用的，哪些是有害的且应如何躲避。"

综上，考格希尔做出归纳："讽刺的喜剧写的是过着中等生活、住在城里的普通群众。它以刻薄的语言尽情揭露主角的缺陷；这种喜剧指出生活中哪些是有用的、急需的，哪些是无用的、要躲避的。浪漫的喜剧把生活写得很美好，人要抓住它。喜剧与悲剧不同，其变化是向好的方向转变而解决一切混乱与误会。这种喜剧一般包括恋爱和拐带女人。"在考格希尔的知识视野里，12世纪之前，似乎没什么关于喜剧之为何物的描述，译过柏拉图和亚里士多德的罗马作家波伊提乌斯（Boethius, 约480—524）给悲剧下过定义，却从未谈及喜剧。仿佛在13世纪法国学者、百科全书编撰者、多明我会修道士文森特·德·波维（Vincent de Beauvais, 1190—1264）说出简单的喜剧公式——"喜剧是一种诗，使一个悲哀的开端得到幸福的结尾"——之前，不曾有关于喜剧的理论。考格希尔强调，波维的这一简单公式"正是莎士比亚的真正基础——烦恼变为快乐的故事。这一公式并不那么简单。它不只是人类喜剧的本形，也是一切现实的本形，宇宙的故事本身对那些好人说，就是喜剧；所以但丁（Dante, 1265—1321）看出了这一点，便用以名其诗①；从地狱开始，通过净土，上升而为天堂"。简言之，从中世纪佛罗伦萨诗人但丁到英格兰

---

① 神圣的喜剧（The Divine Comedy），中文译为"神曲"。——笔者注

诗人杰弗里·乔叟（Geoffrey Chaucer,1343—1400），中古欧洲的诗人们对于4世纪喜剧描述中的"讽刺因素"，继续选择遗忘，"而它所提出的浪漫因素却被提升到神仙境界；迪奥米狄斯作为主题提出来的爱情，变成了极乐世界的幻想中心。但是谦卑的乔叟却满足于用他的才力讲述纯属人间的喜剧。"乔叟在《坎特伯雷故事集》(*The Canterbury Tales*)里，借骑士对僧侣故事的评论，最早表达出对喜剧的想法："温暖的、人间的、慷慨大方的想法"——"例如一个人一向都处境困难,/ 一旦爬出来,就感到万分庆幸,/ 此后要永远生活在繁荣兴旺中,/ 这样情节才能令人欢欣。"

进入文艺复兴时期，喜剧观变得完全不同，对此，考格希尔诗意地评说："讽刺在冬眠千余年之后，突然从平地兴起，迷住了新的理论家。这些理论家认为喜剧的唯一职责是嘲讽；它并不一定和悲剧对立，也不必包括任何叙事的线索（像文森特所认定的）。喜剧的职责是惩罚与遏制；它应该是社会伦理学使用的工具。"随即，考格希尔特别提到诗人菲利普·西德尼在1583年所写的《为诗辩护》(*An Apology for Poetry*)中提出的喜剧观："喜剧要描述我们生活中常犯的错误，诗人应竭力揭示生活中最可笑、最难堪的情节，使得任何观众都不愿再做这种人。"考格希尔认为，中古和文艺复兴时期的"浪漫的和讽刺的喜剧"这两种理论，"都源于晚期的拉丁语法家而大盛于都铎王朝。对这类背景进行选择时，一个聪明作者一定要按个人之所长来决定。琼森采用的是皮鞭子，而莎士比亚却效法乔叟"。

照考格希尔所说，"聪明作者"莎士比亚并未立即这样做，在喜剧方面,莎士比亚最初想学的是古罗马喜剧家提图斯·马西乌斯·普劳图斯(Titus Maccius Plautus, 前254—前184)。普劳图斯在喜剧《安菲特律翁》(*Amphitryon*)的开场白中宣称,他把这部将神祇、国王、平民和奴仆等各类人物混杂在一起的戏,称为"悲喜剧"(Tragicomedy)。一千五百年之后的文艺复兴时期,两位先后生于意大利费拉拉(Ferrara)的诗人、剧作家钦齐奥,本名乔瓦尼·巴蒂斯塔·杰拉尔迪(Giovanni Battista Giraldi, 1504—1573)和乔瓦尼·巴蒂斯塔·瓜里尼(Giovanni Battista Guarini, 1538—1612)倡导一种悲喜混杂的"新悲剧",确立起悲喜剧的地位。受其影响,十分自然的,莎士比亚把早期几部试验性喜剧,几无例外都写成了"轻松愉快的意大利式喜剧"。诚然,莎士比亚匠心独运地把普劳图斯式和文艺复兴式的两种喜剧元素,都融入了自己的喜剧。

考格希尔继而指出,随着喜剧写作日渐成熟,莎士比亚的爱情主题日渐增加。可以说,莎士比亚终于明白喜剧的中心是爱情。正如其悲剧以许多人死亡为结局,喜剧也以许多人结婚为结局:这些都是基于互爱或已显出可能发展为互爱的婚姻。考格希尔认为,莎士比亚笔下的恋人,大都像可能生活在13世纪上半叶的法国诗人纪尧姆·德·洛里斯(Guillaume de Lorris)所著浪漫传奇寓言长诗《玫瑰传奇》(*Roman de la Rose*)里的恋人一样,既一见钟情,又温柔多情,因为爱情基本上是高雅人的经验,换言之,不论社会地位高低,只有天性温文儒雅之人才能谈情说爱。"莎士比亚为了寻求文雅,开始臆想与探索所谓莎氏的""黄

金时代"①的世界——"这是从《皆大欢喜》中找到的词句。莎氏
发现这个世界里有王子，有农民，态度都很文雅，很自然。这是
个出走他乡的或乡村里的世界，与此对立的是琼森的那个以暴
露为宗旨的、城市居民的世界。莎氏喜剧中最大的险情是恋爱；
其他险情或意外是嫉妒与变心、认错了人，谣传的死亡、离别与
重逢，男女乔装和其他一切不大可能的情节；这些可以幻想到
的、纠缠不清的情节，终因情况好转而大快人心地得到解决。这
是伊甸的世界，这里的苹果还没有开花。"

　　由此，考格希尔认为，尽管《维罗纳二绅士》没有取得像《错
误的喜剧》和《驯悍记》这两部"'中等生活'的喜剧那样的成功"，
却是"这种喜剧的第一个尝试"。②

（二）朗斯和他的狗：悲喜剧，抑或浪漫剧？

　　"这种喜剧"正是梁实秋在译序中援引"新剑桥本"编者、剑
桥大学教授亚瑟·奎勒–库奇爵士（Sir Arthur Quiller-Couch,
1863—1964）所说的"一部轻松愉快的意大利式喜剧"。"意大利
式"（Italianate）这个形容词内涵丰富："意大利是伊丽莎白戏剧
的传统背景，一方面是罪恶、凶杀、堕落，一方面是音乐、歌舞、爱
情故事。维洛那是朱莉娅与朱丽叶的背景；威尼斯是夏洛克与
奥赛罗的背景；朗斯与兰斯洛特（《威尼斯商人》）这一对宝贝可
以放在二者任何一处。后来本·琼森写喜剧把背景放在英国的

---

　　① 古希腊罗马神话中的理想时代，那个时代，人们过着无忧无虑、简单淳朴的
田园牧歌式生活。——笔者注

　　② 内维尔·考格希尔：《莎士比亚喜剧的基础》，殷宝书译，选自中国社会科学院
外国文学研究所外国文学研究资料丛刊编辑委员会编：《莎士比亚评论汇编》（下），
中国社会科学出版社，1985年，第257—266页。

伦敦,是一大革新。以爱情与友谊穿插起来的错综故事,在意大利喜剧中颇为常见。女主角化装为男童,情人在楼窗对话,长篇大论有关爱情的讨论,这都是意大利的传统戏剧形式,莎士比亚在戏剧结构上接受这一传统,因为伊丽莎白时代一般人的品位欢迎此种文艺复兴的风格。《维洛那二绅士》是典型的意大利式喜剧,如果莎士比亚在其中表现了他的独创性,那独创性不在布局结构,而在其中几个人物的个性之刻画。莎士比亚还在年轻时期,手法尚未纯熟,但是他的艺术手段和心理观察之细微深刻则已见端倪。一般人都会感觉到,朱莉娅是后来的薇奥拉(《第十二夜》)与伊摩琴(《辛白林》)的雏形,西尔维娅是波西亚(《威尼斯商人》)与罗莎琳德(《皆大欢喜》)的前驱。所以研究莎士比亚的艺术的过程,这一出戏是很重要的,虽然它本身不是最成功的作品。……唯莎士比亚没有能充分把握剧情,没有能做更深刻的剖析,没有写出更充实更动听的戏词而已。"①

由梁实秋所言,可小结三点:一是,聪明的莎士比亚为迎合伊丽莎白时代剧场观众喜爱文艺复兴喜剧风格的品位,刻意以定型的"意大利式喜剧"开启编剧生涯;二是,以瓦伦丁与西尔维娅、普罗透斯与朱莉娅、普罗透斯与西尔维娅、图里奥与西尔维娅之间的男女"爱情"及瓦伦丁与普罗透斯两位绅士间的"友谊""穿插起来的错综故事",搭起戏剧结构;女主角朱莉娅乔装成男童,图里奥与西尔维娅、普罗透斯与西尔维娅的"楼窗对话",角色间关于爱情的长篇讨论,均随剧情发展与之相配;三是,戏剧

---

① 梁实秋:《维洛那二绅士·序》,《莎士比亚全集》(第一集),中国广播电视出版社,1995年,第92—93页。

"学徒""手法尚未纯熟"的莎士比亚在写朱莉娅和西尔维娅时，不可能对未来要写的以前者为"雏形"的薇奥拉与伊摩琴和以后者为"前驱"的波西亚与罗莎琳德那么未卜先知，所以，这部剧同后来的《第十二夜》《辛白林》《威尼斯商人》《皆大欢喜》相比，是那么幼稚、不成功、不深刻、不充实、不动听，但综观莎士比亚整个"艺术的过程"，该剧堪称莎士比亚喜剧艺术调音定调的起点先声。

同理，亦可套用考格希尔所言，《维罗纳二绅士》剧中"最大的险情是恋爱"："恋爱"之成为"险情"，皆因普罗透斯背叛友情，抛弃恋人朱莉娅，追求密友瓦伦丁热恋的西尔维娅。俗话说的"朋友妻，不可欺"在此变成"朋友妻，白不欺"。好在莎士比亚把普罗透斯与朱莉娅和西尔维娅的"三角恋"控制在"爱我的（朱莉娅）我不爱，我爱的（西尔维娅）不爱我"的限度里，未将"险情"扩大。因为他要塑造形象上构成鲜明对照的"二绅士"：一个是重义气高于男女恋情的无私情圣瓦伦丁；一个是"变形"的精致利己主义者普罗透斯。他刻意为这两位绅士好友取名"瓦伦丁"（Valenine）和"普罗透斯"（Proteus）已泄露天机："瓦伦丁"即"情人"；"普罗透斯"则源出古希腊神话中能随意改变形体并具有先知力的海神，又名"海上老人"。从"普罗透斯"字面义来看，他若不变心，对不起这个名字！然而，普罗透斯在剧中无半点先知力，否则，他岂能背弃朱莉娅，向西尔维娅求爱，最后落得独对西尔维娅的画像痛苦恋单相思的下场？不妨把这视为莎士比亚卖弄的反讽小技。

除此之外，"其他险情或意外是嫉妒"：普罗透斯嫉妒瓦伦丁与西尔维娅相爱；"变心"：普罗透斯见异思迁，对朱莉娅变心；"认错了人"：普罗透斯认不出女扮男装的朱莉娅，把"他"雇为侍童；"谣传的死亡"：普罗透斯为追求西尔维娅，谎称听说朱莉娅和瓦伦丁已死；"离别"：瓦伦丁与普罗透斯、瓦伦丁与西尔维娅、普罗透斯与朱莉娅离别；"重逢"：瓦伦丁与西尔维娅、普罗透斯与朱莉娅重逢，圆满完婚；"男女乔装"：朱莉娅为寻找普罗透斯，乔装成男童；"和其他一切不大可能的情节"：最大的不可能，莫过于瓦伦丁在宽恕普罗透斯出卖友情、背叛恋情，甚至企图强奸"朋友妻"的三大过错之后，竟"反常和荒谬"地将新娘拱手让给刚表示改过自新的普罗透斯；另一个不可能不在其下，在此之前，遭放逐的瓦伦丁遇到一伙强盗，这群亡命徒不仅不劫财，还以他长相好看、会说外国话为由，硬逼他答应做了首领。

　　对于瓦伦丁"出让新娘"这一实难理解、遑论接受的蠢行，美国学者、教育家乔治·皮尔斯·贝克（George Pierce Baker, 1866—1935）在其 1907 年出版的《莎士比亚作为戏剧家的发展》（*The Development of Shakespeare as a Dramatist*）一书中指出："再没有比该剧最后一幕处理更糟糕的了。我们期待看到的每一件事都没有做到。瓦伦丁，像《皆大欢喜》中遭放逐的公爵一样，在自言自语之后退到一旁，看着穿过森林的旅客。由仍假扮侍童的忠实的朱莉娅陪伴的普罗透斯，找到了西尔维娅，企图强迫她接受他的爱。瓦伦丁在一旁听到，跳出来，指责他这位朋友。如果莎士比亚不希望用朱莉娅和普罗透斯的意外情节来带住这场戏，或延长普罗透斯和西尔维娅之间的戏，在瓦伦丁再次出现时，他就有机会写出强有力的最后一场，在这场戏中，四个人物感情的相互作用，可能会导致一个圆满的结局。

"很难使人相信瓦伦丁那样快就原谅了普罗透斯，甚至走得这样远，居然提出要把西尔维娅让给普罗透斯，这真是反常和荒谬。当朱莉娅显出真身，普罗透斯突然回心转意，同样荒诞可笑，叫人难以置信。在发生所有这些出人意料的事情之后，可能，人们情愿同意朱莉娅愉快地接受普罗透斯那样一个没有价值之人易变的爱情。"①

由此，英国学者亨利·巴克利·查尔顿（Henry Buckley Charlton, 1890—1961）在其1938年出版的《莎士比亚喜剧》（*Shakespearian Comedy*）通论中，将《维罗纳二绅士》视为浪漫喜剧："就情调来说不能说是喜剧，而是一部浪漫剧。表演此剧时，也应掌握这个方面，即为什么它的人物很少像有血有肉的人，缺少血肉，他们就很难成为戏剧形象，作为每一个戏剧形体，都是塑造出来以最大限度表现性格中的人性。也许《维罗纳二绅士》的剧中人物在人们的意识中是可笑的，但这一意识在写作之初绝没有进入作者心中。瓦伦丁是为寻求同情，而非为了让观众大笑；他满以为赖以生活的理想能得到世人认可。但在现实中，这些理想使他陷入最可笑的境地。他对世界的心情从同情的赞许转到怀疑的诘问。浪漫喜剧的主角似乎不比它的小丑更好，所以颠倒混乱就是传奇世界，而这个世界正是小丑施展才能的地方，至少表现出理智和常识的模糊迹象。例如，图里奥在剧中是昏

---

① 张泗洋主编：《莎士比亚大辞典》，商务印书馆，2001年，第678页。

聩糊涂的人,当然未尝不是一个大傻瓜,但剧的末尾将他轻蔑地排除在外,意味着情况转向完全不能的方面。面对瓦伦丁以剑相胁,他放弃对西尔维娅的要求,认定为一个不爱自己的女人去冒生命危险,那才是大傻瓜。这便引起观众把图里奥叫成一个蠢人,因为他在剧中表现得有着世俗聪明,为活命可以牺牲一切。"①

　　显然,今天来看,可把"浪漫喜剧"作为该剧不成熟的一个理由,即莎士比亚只想通过剧中"爱情与友谊穿插起来的错综故事",做个意大利式喜剧的编写试验。恰如英国文学批评家德莱克·特拉维尔西(Derek A. Traversi, 1912—2005)在其 1938 年出版的《莎士比亚:早期喜剧》(*Shakespeare: The Early Comedies*)一书中所说:"作为一个早期试验,利用传统方式来探索正确的创作方向,如果又是为了表现生活,那应该看看《维罗纳二绅士》……《维罗纳二绅士》指明了作者后来更为成功的发展。在后来喜剧中运用的许多手法和技巧,如女扮男装,以女性特有的机智对付背叛的恋人;两个朋友间的关系,一个忠诚的朋友盲目信任另一个阴谋坏蛋;还有宫廷里的尔虞我诈和森林中的纯朴生活,等等,这类描写都第一次出现在这部喜剧中。我们一定看到瓦伦丁所做的明显荒谬愚蠢的事情,在最后一场戏,他竟不加思考地立即让出自己的恋人,给那出卖他的人,这是后来喜剧中极有意义的表现手法的第一次尝试。这些描写与传统做法当然不是完全绝缘,而是在它的基础上有所发展,成为揭示人的种种

―――――――――

① 张泗洋主编:《莎士比亚大辞典》,商务印书馆,2001 年,第 678—679 页。

关系的手段,尤其是爱情关系;也用来表现对待爱情本身的真实态度,在这种态度中,诗和现实主义,传奇和喜剧,都是千变万化地联系在一起。虽然对这部早期作品看得太多是危险的,但其结局值得我们注意:像其后来更为伟大的剧本一样,结局是敌对双方和解复交,情人们重新结合,逃犯们也回到文明的社会生活。"①

至此,不妨设想一下,假如莎士比亚仅在他第一部试验喜剧里写了"爱情与友谊"的故事,那只不过是意大利式喜剧的老把戏,乏善可陈,事实上,在写戏之初,莎士比亚便对这种老把戏了然于胸。正因如此,这在任何一位莎学家眼里都是大同小异,如德国19世纪史学家、文学批评家格奥尔格·戈特弗里德·吉维纳斯(Georg Gottfried Gervinus, 1805—1871)在其四卷本《莎士比亚》(*Shakespeare*)中论及该剧时,说:"这部戏是表现爱情的力量和本质,特别是爱情对一般判断力和习惯的影响,同时,它没有借助更多现成的观念。在这里,爱情的双重性质从一开始就以同等强调和绝对平衡显示出来,这使歌德对莎士比亚作品深为感动。诗人用他自己的特别审美技巧,轻易解决了这一双重问题,这在他这部青年时代的剧作中看得很清楚,几乎在所有莎剧中都能一再遇到。戏剧结构和设计是在严格的对应中实现的;人物和事件是那样精确地放在相互关系和反衬对照中,以至于不仅那些相同的性格,甚至那些相反的性格,都起到彼此相互解释的作用。"然而随后,吉维纳斯笔锋一转:"但在粗鲁的朗斯和

---

① 张泗洋主编:《莎士比亚大辞典》,商务印书馆,2001年,第679页。

他的狗克莱伯的故事中,存在着一种更为深刻的意义,这种意义对文雅的读者来说,毫无疑问是最令人不快的。就愚蠢的有着一般兽性的粗人来说,对他的畜生的同情几乎超过了对人的感情,他的狗就是他最好的朋友。他为它遭受鞭打,他把它的过失说成自己犯的过失,并愿意为它牺牲一切。而在最后,如同瓦伦丁和朱莉娅的自我牺牲一样,他甚至愿意舍弃这个朋友,为了主人的需要,准备放弃他最好的财富。把这样一个能为别人自我牺牲的孩子,放在普罗透斯,一个极端自私、出卖朋友和背叛爱情的典型的人身边,自然形成强烈对照。"①换言之,就戏剧思想的深刻意义来说,"朗斯和他的狗'克莱伯'的故事"超乎"爱情与友谊"的故事之上,难怪哈罗德·布鲁姆(Harold Bloom, 1930—2019)在其《莎士比亚:人类的发明》(*Shakespeare: The Invention of the Human*)中评析该剧,索性将"爱情与友谊"抛到一边,几乎全篇在谈朗斯和他的狗"克莱伯"。容后叙。

诚然,关于朗斯和他的狗"克莱伯"的意义与价值,绝非布鲁姆的发明,19世纪,不仅吉维纳斯早有洞见,另一位德国思想家恩格斯(Friedich Engels, 1820—1895)更为激赏。1873年12月10日,身在伦敦的恩格斯在写给卡尔·马克思(Karl Marx, 1818—1883)的信中说:"单是《风流娘儿们》(《温莎的快乐夫人》)的第一幕就比全部德国文学包含着更多的生活气息和现实性。单是那个兰斯和他的狗克莱勃就比全部德国喜剧加在一起更有价值。莎士比亚往往采取大刀阔斧的手法来急速收场,从

---

① 张泗洋主编:《莎士比亚大辞典》,商务印书馆,2001年,第678页。

而减少实际上相当无聊但又不可避免的废话……"①

不过,必须说明,"朗斯与狗"并非莎士比亚的发明,这一灵感也许应归功于理查·塔尔顿曾在舞台上牵着狗表演过几场欢闹戏。

(三)在乔纳森·贝特莎评视域下②

英国当代莎学家乔纳森·贝特在其编注的"皇家莎士比亚剧团版"《莎士比亚全集》(简称"皇莎版")《维罗纳二绅士·导论》中开篇点明,剧情一切冲突的戏剧性皆出于:"你怎样才能同时对自身、对最好的朋友、对性欲的对象忠心?尤其当你深爱之人刚巧是你最好朋友的女友?"

贝特首先表明,该剧各个方面都是后期莎剧发展的一个原型。比如,让朱莉娅乔装成男童,因伊丽莎白时代法律禁止女性登台演出,让饰演少女主人公的男童"女扮男装"是多好的噱头,乔装成侍童的女主角在莎士比亚后来更著名的几部喜剧(《威尼斯商人》《第十二夜》《皆大欢喜》)中反复出现。再如,不法之徒的场景将剧情从"文明"社会引入"荒野"或绿色世界,这里令人惊讶的剧情进展,可谓《仲夏夜之梦》剧中魔法森林和《皆大欢喜》剧中阿登森林的预演。同时,"普罗透斯的独白提供出一个经受个人身份和意识危急的莎剧角色的早期例证——我们已进入这片区域,它将在理查三世、理查二世、最终哈姆雷特的自省

---

① 《马克思恩格斯全集(第33卷)》,恩格斯致马克思信(1873年12月10日),人民出版社,1973年,第108页。

② 参见 Jonathan Bate & Eric Rasmussen 编, *The Two Gentlemen of Verona*·Introduction, 外语教学与研究出版社,2008年,第52—55页。

中,引向不同(当然也更复杂)的方向。"

随后,贝特着手分析剧情。该剧以瓦伦丁和普罗透斯两位绅士的友情开场,瓦伦丁的名字足以暗示他是位忠诚的恋人,普罗透斯则反常善变。但最初,瓦伦丁的追求关乎"荣誉",而非性欲,他打算去米兰寻求命运,而非"懒洋洋地闷在家里"。"他这个计划会立即激起该剧许多最初的伦敦观众的兴趣,他们自己正是从外省跑到'京城'——确实像莎士比亚本人写这部戏之前不久所做的那样。"

与瓦伦丁相比,贝特认为,普罗透斯经受了一场心理的而非身体的旅程:为了爱情,他舍弃自我、朋友和一切。对朱莉娅的渴望,使他"变了形",荒疏学业,虚度时光,去"同好言劝告作战"。"那个时代的说教文学对这种自虐充满告诫,年轻绅士理应学习良好品行和良好公民的艺术,莫因感情之事和女性化影响分心。舞台将后一类引入表演,这可部分解释伊丽莎白时代'清教徒'对戏剧表演的抨击。"

剧中有两个极富特色的小丑式角色:瓦伦丁的仆人斯比德与普罗透斯的仆人朗斯,二人是朋友。贝特认为,该剧一开场就建立起了代际与性别间的对立,莎士比亚随后借助诙谐的戏谑,在主仆间设置了一场跨越等级障碍的对话。斯比德在此对宫廷痴恋情人的特征做出剖析:他观察主人双臂抱胸,好似忧郁不满;唱起情歌;独自漫步;叹息,好似丢了字母课本的学童;哭泣,用呜咽的嗓音说话;禁食,好似在节食。"尽管该剧对稚嫩恋情给予赞扬——实则也指涉到它潜在的破坏力——同时也对宫廷爱情习语发出嘲讽,尤其通过有教养之人矫揉、毫无新意的诗歌用语和各自仆人的粗犷散文体表述间的对比。"

接下来，贝特把瓦伦丁的仆人斯比德和普罗透斯的仆人朗斯这两个丑角做对比。"斯比德"字面义暗示脑子快，这从他嘴皮子利落、能意识到两位绅士的弱点得到印证。他似乎总比瓦伦丁快上一步，凭着与观众共享的旁白预告主人如何迈出下一步。"朗斯"字面义也暗示脑力强，贝特在此不忘找补一句："同代人常夸赞莎士比亚本人有个像他名字中'矛枪'（spear）一样锋刃的脑子。"然而，莎士比亚在剧中以反讽之笔刻画朗斯，故意令其做事方式全不在点子上：他算丑角一类，凡事皆出错，弄混字音——把"浪荡儿子"（prodigal son）说成"怪异儿子"（prodigious son），把"一个显眼的情人"（a notable lover）听成"一个显眼的笨蛋"（a notable lubber）。当他试着用自己的鞋、拐杖、帽子和狗表演与家人话别的场景时，却闹出一场乱子。

在此不难发现，贝特对朗斯和他的狗"克莱伯"的喜剧功用评价不高，几乎一语带过："舞台上一条活狗带来的不可测的结果，本该成为笑料，实则归因于朗斯自己无能。在第四幕结尾，又有一场朗斯与狗的'双人戏'，朗斯再次做了仆人应顺从主人的即兴表演。恰如朗斯把普罗透斯交办的事弄糟，克莱伯也没能遵从朗斯的意愿：'难道我没叫你随时关注我，照我做的去做？你何时见我抬腿，对一位贵妇人的裙撑撒尿？'"这与哈罗德·布鲁姆把朗斯和他的狗的"双人戏"视为该剧最大亮点形成鲜明对照。

不过，贝特并未否认朗斯的喜剧功效，这体现在第二幕第五场和第三幕第一场朗斯与斯比德插科打诨、耍贫斗嘴那两场戏里,当斯比德嘲笑瓦伦丁变成一个情人时,朗斯也像主人一样向欲望低了头:他爱上一位挤奶女工。用贝特的话说:"这个未出场的野丫头性格类型之原型,将化身为《错误的喜剧》中的胖厨娘和《皆大欢喜》中的牧羊村姑奥黛丽。朗斯那张接地气的挤奶女工长处、短处的属性列表,堪称宫廷恋人对各自情人所列清单的滑稽戏仿。"

贝特在对比了瓦伦丁和普罗透斯这两位维罗纳绅士好友及各自的小丑式仆人之后,继而对西尔维娅和朱莉娅这两位时刻牵动剧情走向的女性角色做对比:身为米兰公爵之女,"西尔维娅是位宫廷传奇的美貌女子,男人们专注凝望和奇妙欲望的对象,一位被供奉在基座上膜拜的女人,很少透露自己的内心生活"。反之,朱莉娅性情外露、毫不遮掩内心,从动身追寻普罗透斯那一刻,便从家庭生活走向危险。"她这一决定透露出性别双标在莎士比亚时代无处不在:一个大小伙子会因闲待在家遭谴责,一个年轻女子离家却要冒成为丑闻对象的危险。"

随后,贝特透过剧情分析,运用戏剧化讽刺对比场景是莎士比亚最喜欢的技巧之一:第二幕第四场,普罗透斯来到米兰公爵宫,一见之下,爱上西尔维娅;第六场,变了心的普罗透斯要背弃誓言,遗弃朱莉娅;第七场,身在维罗纳家中的朱莉娅决定动身,踏上寻找男友的危险旅途,她要见证自己对普罗透斯的爱心不变。在此,贝特提及第二幕第四场,瓦伦丁把最好的朋友普罗透斯介绍给自己深爱的姑娘,这场戏很短,却写得非常精妙。其实,亦可把这技法称为莎士比亚式语言游戏之一种,莎士比亚从开始写戏那一刻起,心里便十二分清楚,单凭这种逗趣兼调情的耍嘴皮子游戏，就能轻松征服观众。此处，莎士比亚巧妙写出礼貌和求爱两类用语之间的对应：瓦伦丁恳请西尔维娅"用一些特别恩惠"欢迎普罗透斯，并"接受他与我同做您的仆人"。瓦伦丁这一礼貌用语的意思当然是"请尊重我的朋友"，贝特在此强调："但在宫廷习语中，甘为仆人与那类示爱用语是同义词，这给了普罗透斯一个机会，使他把自己导入一个情敌角色——当西尔维娅谦称自己是'卑微的女主人'时，他立刻回应说：'除您自己，谁说这话，我和谁一决生死。'在某种意义上，该剧之关键在于'女主人'（mistress）一词的双重（女主人、情妇）含义。"

由此，贝特对普罗透斯在前后相连的两次独白中探讨自身转变，做出分析。首次独白出现在第二幕第四场普罗透斯瞬间爱上西尔维娅之后，他把对朱莉娅的旧爱比成一尊蜡像，将对西尔维娅新的欲望比为一炉火，旧爱与新爱"好比一尊蜡像面对一炉火，原有印象"被熔化掉。同时，他意识到自己爱上的"只是她的外表"——一幅美丽"画像"。"当在后面场景中，关于外表美丽的'影子'（shadow）与内在人格的'实体'（substance）间的一系列问题提出时，该剧开始对爱情本质做更深入探究。"剧情发展到同幕第六场，普罗透斯第二次独白，其独白的关注点与这一主题形成对应：立誓与违誓、发现与失去自我及"甜美诱人的爱神"（sweet-suggest love）与"友情的律法"（the law of friendship）三者间的冲突。简言之，全剧中这最长一段独白的核心是，普罗透斯决心为爱情犯下"三重背弃"——遗弃朱莉娅；爱上西尔维娅；伤害瓦伦丁，"用自己替换瓦伦丁；用西尔维娅替换朱莉娅"。普罗透斯何以如此"变形"？第五幕第四场，整个剧情到达危机点，莎士比亚让普罗透斯以一句发问给出答案:"恋爱中,谁会顾及朋友!"当时,普罗透斯把西尔维娅从强盗手中救出,他要她以爱情回报,遭拒,盛怒之下,一把抓住她,试图动粗。

任何一个时代,大凡剧作家皆为舞台演出写戏。按贝特所述,在莎士比亚最后几年戏剧生涯之前,舞台上演的莎剧尚无幕间休息。尽管如此,常在第四幕开场便出现一眼即能察觉的剧情变化。剧情一直缠成团,正好此时开始拆开。该剧亦不例外,第四幕开场,舞台场景一下从米兰宫廷、米兰和维罗纳城内,转到两城之间一伙有教养的强盗居住的森林里,这标志着剧情到了转折点。

在贝特眼里,第四幕既是剧情发生关键转折的一幕,亦是最深情的一幕。第五幕,剧情快速导向莎士比亚惯常的喜剧性结局,以快乐的强盗们的森林来收尾。但他认为,不同于《仲夏夜之梦》里的魔法树林,这里不存在复杂的心理环境。"相反,这地方剥去了文明社会的抛光外表,允许人们各按欲望冲动行事。此处,心理一致性并非重点:前一刻,普罗透斯还在威胁要强奸西尔维娅,后一刻,瓦伦丁却意在通过把西尔维娅让给普罗透斯,证明绅士友情高于爱欲。我们确实得到了期待与渴望的结局,但这突如其来的收场是莎士比亚没耐心或不成熟的标记——可话说回来,他的头脑如此焦躁不安地创新,以至于他对结局从不真正上心。"

事实上,莎士比亚的每一部戏皆难逃草率收场之嫌。理由十分简单:赶紧编完这一部,飞速开笔下一部!

(四)哈罗德·布鲁姆眼里的《维罗纳二绅士》①

英国 19 世纪文学批评家威廉·赫兹里特（William Hazlitt, 1778—1830）在其《莎士比亚戏剧人物论》（*Characters of Shakespeare's Plays*）一书中认为："它（《维罗纳二绅士》）是以很少劳动或修饰把一部小说的故事戏剧化了的作品，但其中有许多章节具有高超的诗的精神和无与伦比的有趣而精巧的幽默。毫无疑问，这些都出自莎士比亚自己的创造，还有，在整个故事处理中，有一种不自觉的优雅和美妙构思，以及措辞都指明这是莎士比亚的作品。这部喜剧中人们所常见的角色风格的确是奇思妙想的产物——他们有的可能不尽如人意，但他们并不贫乏，而是丰富充实的人物。朗斯和他的狗的一场（不是第二幕，而是第四幕中那场），是诙谐幽默的笑剧方面的完美杰作；我们也不会以为斯比德能从瓦伦丁的种种表现来证明这位主人陷入情网的行为是出于什么智力或感官缺憾，虽然这一方式可能受到批评，因为它还不够单纯到适合现代人的欣赏趣味。"②

不难看出，赫兹里特像他的前辈约翰逊一样，对《维罗纳二绅士》赞誉有加。赫兹里特称剧中角色虽有"不尽如人意"之处，却"丰富充实"，且"角色风格的确是奇思妙想的产物"。除此之外，赫兹里特更刻意强调第四幕中那场戏（第一场）"是诙谐幽默的笑剧方面的完美杰作"。换言之，《维罗纳二绅士》之所以堪称"一部轻松愉快的意大利式喜剧"，全仰赖普罗透斯的仆人小丑

---

① 此处参考 Harold Bloom, *Shakespeare: The Invention of the Human*, The Berkley Publishing Group, pp.36-40。

② 张泗洋主编：《莎士比亚大辞典》，商务印书馆，2001 年，第 677 页。

朗斯和他那条会演戏的狗"克莱伯"。

　　然而,美国学者、"耶鲁学派"批评家哈罗德·布鲁姆不像约翰逊和赫兹里特两位前辈那样厚道,他在莎评名著《莎士比亚:人类的发明》中点评《维罗纳二绅士》,起首即毫不客气地指明,该剧在莎士比亚所有喜剧中最弱,若它在各方面都比《错误的喜剧》和《驯悍记》逊色,也可能是最早的一部。无论在莎士比亚时代还是当今时代,该剧从未流行过,若非有活色生香的小丑朗斯和他那条名为"克莱伯"的狗完成部分拯救,该剧可能会遭摒弃。

　　由此,布鲁姆以犀利的调侃笔墨说,导演和演员最好把该剧演成一部滑稽剧或模仿戏,目标是剧名所提的两位维罗纳朋友。"普罗透斯,这个多变的无赖,几乎反常到了足够有趣;瓦伦丁,则被朗斯贴切地称为'笨蛋',仅当我们认真看待他的反常行为时,才值得考虑,因为剧名似乎远超出一种单纯的受压抑的双性恋。"在布鲁姆眼里,该剧讲的就是瓦伦丁与普罗透斯的特殊关系,剧情甚至并无荒谬可言。普罗透斯或多或少爱上迷人的朱莉娅(朱莉娅更以爱来回报),他不情愿地前往米兰皇宫,在那里与他最好的朋友瓦伦丁一起学习处世之道。瓦伦丁痴恋西尔维娅(西尔维娅暗自回应),他的仆人斯比德是一个常规小丑,斯比德的朋友是普罗透斯的仆人朗斯。似乎专为证明朗斯和他的"克莱伯"上演了一出"笑剧的完美杰作",布鲁姆将朗斯在第四幕第四场开场时的长篇独白全文摘引,指出"听朗斯讲述他的狗,是领会莎士比亚之伟大的开始"。这是整部剧中第二长的一段角色独白,仅比普罗透斯第二幕第六场那段长篇独白短一点,难怪布鲁姆要单挑出来。

　　足以见出，布鲁姆太喜欢朗斯这个角色，称他"是一个令人振奋之人（或索性叫他'牵狗之人'），我有时纳闷，他何以浪费在《维罗纳二绅士》上，这对他来说一点都不够好。余下的情节是，普罗透斯爱上西尔维娅的画像，诽谤瓦伦丁，直到这个笨蛋遭放逐，流放中的瓦伦丁被一个非法团伙选为首领"。布鲁姆似乎对朱莉娅没多大热情，只称她是莎士比亚此类乔装角色中的头一个，她扮成男孩去寻找普罗透斯，并有幸听到普罗透斯向西尔维娅袒露情爱，同时，发誓说自己的爱情已死。西尔维娅眼光独到，鄙夷这个无赖，由勇敢的埃格拉慕爵士陪同穿过森林去寻找瓦伦丁，当亡命徒们抓住埃格拉慕本该保护的小姐时，这位爵士以真正的"巨蟒剧团①"（Monty Python）风格逃之夭夭，随即布鲁姆以不无揶揄的口吻犀利指出："当普罗透斯和乔装的朱莉娅救出西尔维娅时，这场闹剧达到顶峰，普罗透斯当即试图强奸西尔维娅，却因瓦伦丁出现受挫。两位绅士间继而发生的事如此明显怪异，怪异到莎士比亚无法指望哪个观众能接受，即使作为闹剧。"

　　当瓦伦丁要把西尔维娅给予普罗透斯时，布鲁姆评说，朱莉娅的反应至少能使她得到某些即时解脱，而当可怜的西尔维娅在贪淫的普罗透斯抓住她要动手强奸时，喊出"啊，上天！"之后，再无一句台词。布鲁姆发出疑问："在《维罗纳二绅士》最后100行角色对白期间，扮演西尔维娅的女演员自己该怎么办？她该用手边最近一块松动的木块猛击瓦伦丁，但那不会让这个笨瓜

---

　　① 巨蟒剧团是20世纪70年代走红英国的喜剧团体，以尖诮的喜剧风格著称，擅用极正经的态度表现荒唐。——笔者注

脑子开窍或让其他任何人明白这一疯狂举动。"剧情继续发展，朱莉娅显出女儿身，指责变心的普罗透斯理应深感羞愧。

布鲁姆分析说："至少，差点遭强奸的西尔维娅得以保持说不清道不明的沉默；在此很难获知普罗透斯与瓦伦丁，到底谁更蠢。在全部莎剧戏文里，没什么比改过自新的普罗透斯的实用主义更叫人无法接受：'西尔维娅脸上有什么，我若以恒定的眼神，岂能看不出朱莉娅脸上更鲜嫩？'这意味着：任何一个女人可以和另一个女人做得同样好。莎士比亚暗示，所有男人均可用随便两个女人的名字替代西尔维娅和朱莉娅。"

最后，布鲁姆归结为，即便最严肃的莎学家也能意识到剧中一切都有毛病，但莎士比亚显然毫不在意。布鲁姆自问，被各自严厉的父亲送去皇宫的无赖（普罗透斯）和傻瓜（瓦伦丁），不知怎么最终来到米兰，抑或他们仍在维罗纳？随即自答，显然，这无关紧要，他们同样无关紧要，他们不幸的年轻女人（朱莉娅和西尔维娅）也无关紧要。"重要的是朗斯和他的狗'克莱伯'"，至于其他，布鲁姆的结论是："莎士比亚对爱情和友情同样做出愉快而刻意的滑稽模仿，从而为其高雅浪漫喜剧——从《爱的徒劳》到《第十二夜》——之伟大，清理场地。"

换言之，莎士比亚的幼稚学徒之作《维罗纳二绅士》是伟大喜剧《第十二夜》的奠基之作！